新潮社

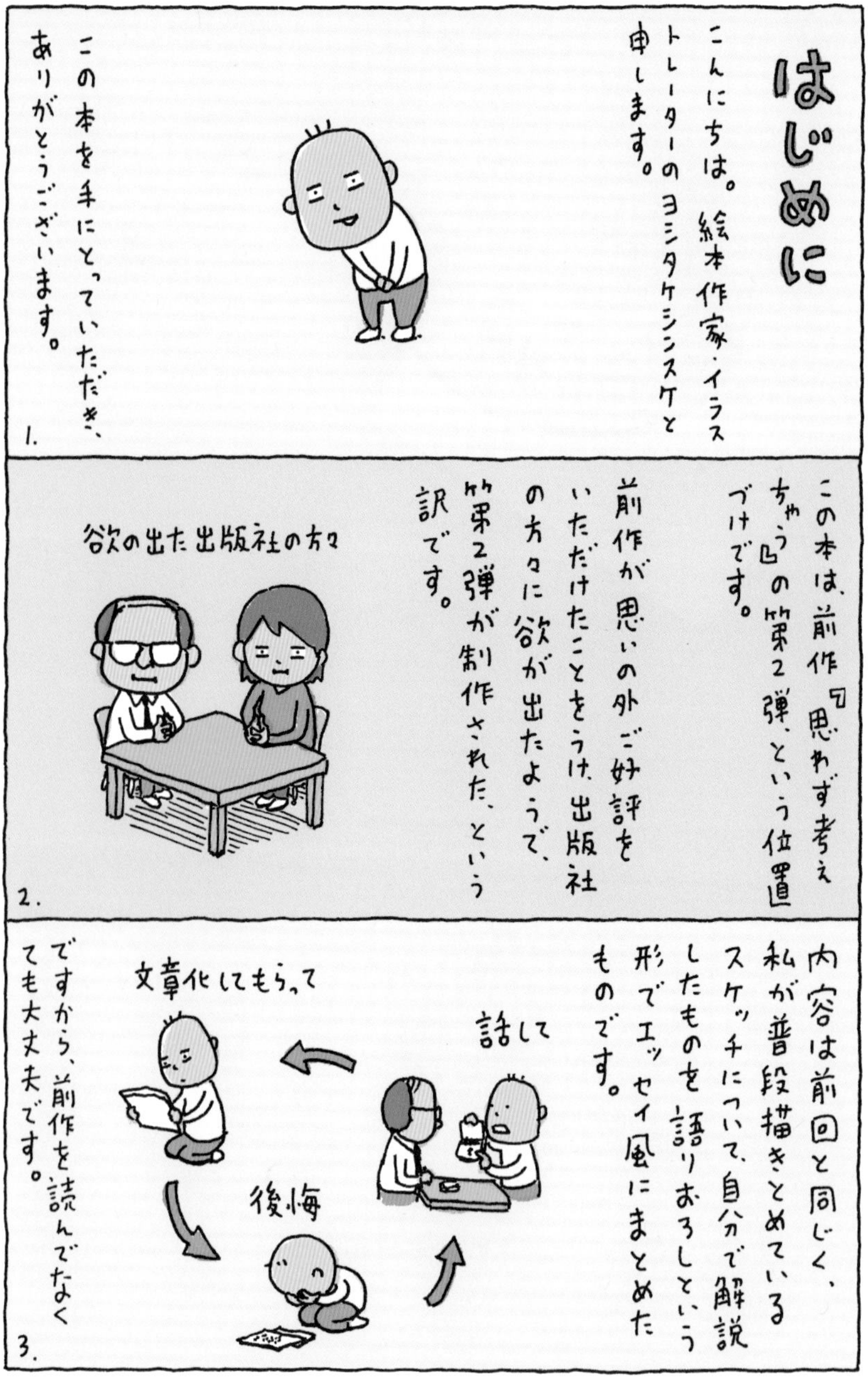
はじめに
こんにちは。絵本作家・イラストレーターのヨシタケシンスケと申します。
この本を手にとっていただき、ありがとうございます。
1.
この本は、前作『思わず考えちゃう』の第2弾、という位置づけです。

前作が思いの外ご好評をいただけたことをうけ、出版社の方々に欲が出たようで、第2弾が制作された、という訳です。

欲の出た出版社の方々
2.
内容は前回と同じく、私が普段描きとめているスケッチについて、自分で解説したものを語りおろしという形でエッセイ風にまとめたものです。
話して
文章化してもらって
後悔
ですから、前作を読んでなくても大丈夫です。
3.

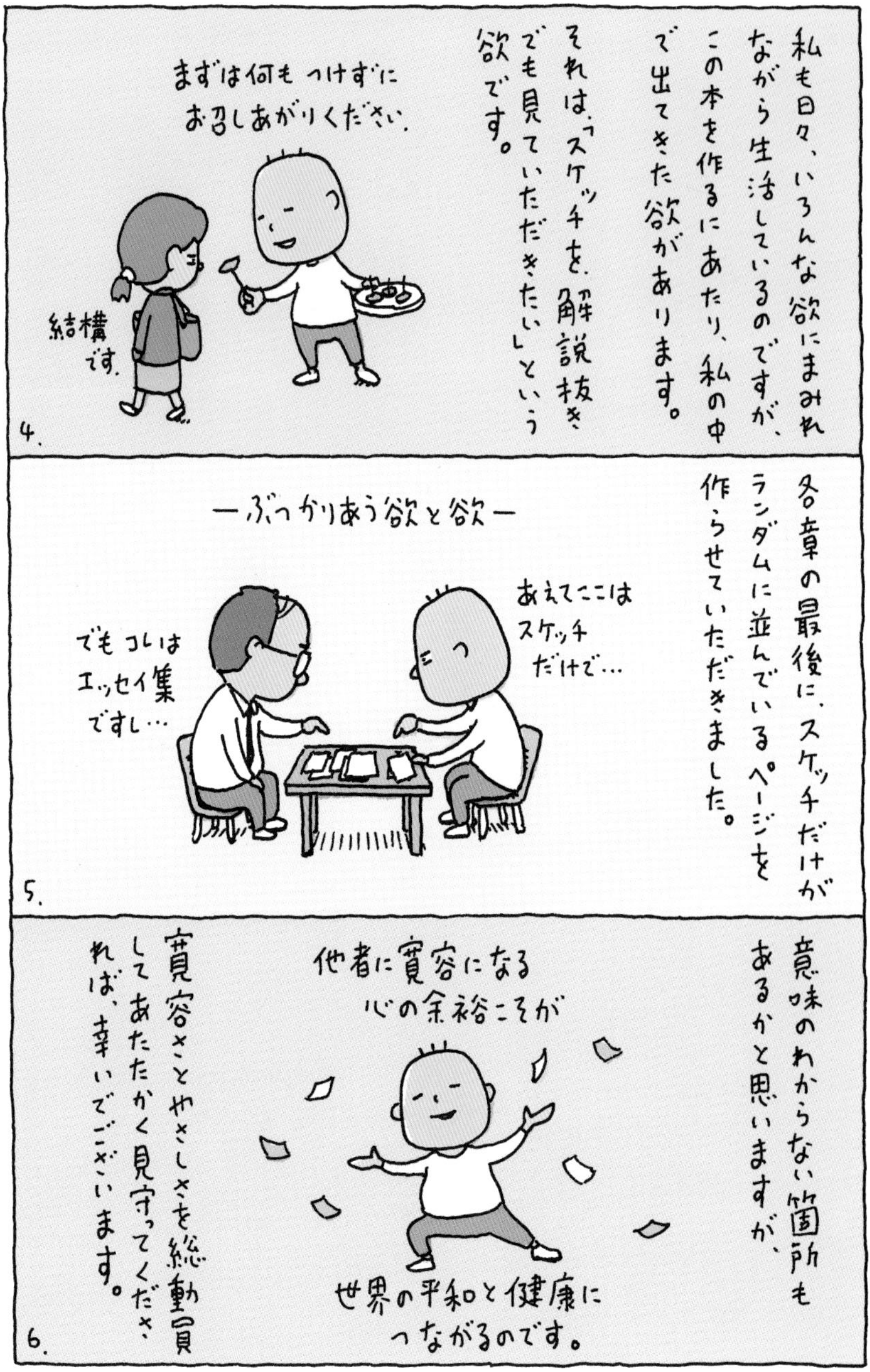
私も日々、いろんな欲にまみれながら生活しているのですが、この本を作るにあたり、私の中で出てきた欲があります。
それは、「スケッチを、解説抜きでも見ていただきたい」という欲です。
まずは何もつけずにお召しあがりください。
結構です。
4.
各章の最後に、スケッチだけがランダムに並んでいるページを作らせていただきました。

—ぶつかりあう欲と欲—

あえてここはスケッチだけで…

でもコレはエッセイ集ですし…
5.
意味のわからない箇所もあるかと思いますが、
寛容さとやさしさを総動員してあたたかく見守ってくだされば、幸いでございます。
他者に寛容になる心の余裕こそが
世界の平和と健康につながるのです。
6.

さて、「欲」といいますと、人には様々な欲があるわけですが、
物欲
出世欲
睡眠欲
食欲
性欲
自己顕示欲
そのうちのひとつに、「納得欲」なるものがあるように思うのです。
モテるカラクリを
理解して納得したい!
7.
人がついつい考えすぎちゃう理由のひとつが、この「納得欲」という欲望のせいではないか、と思ったのです。
納得欲の数値が
高いですネ.
8.
「知りたい」という気持ちは動物にもあるのですが、
ガサガサ
エサなの?敵なの?
どっちか知りたい!
9.

「わかりたい」「理解したい」という気持ちは、人間だけのような気がします。
どうして私はあんなヤツを味方だと思っちゃったの？
私は何なの？バカなの？
10.

だからこそ、人間にとって「納得いかない」ことが非常に大きなストレスになるのではないでしょうか。
納得のいく説明をしろー！
我々を納得させろー！
11.

そして、納得欲は欲望のひとつなので、当然個人差があります。
こんにちは！あなたは何欲が強いですか？
12.

納得欲の強い人は理屈や理由を追い求めがちで、
理屈がわかれば、世界をコントロールすることも可能なのでは?!
13.
納得欲の弱い人は、生きていく上であまり理屈を必要としない人なのでは、と。

理屈より感情で判断します。

ああ、やっぱり…

世の中は理屈では動いていないのだ…
14.
そして、理屈を求める納得欲の対極にあるのが、「あるがままをうけ入れる」という状態なのではないでしょうか。

できることだけやりましょう。

悟りの境地だ…

…

…
15.

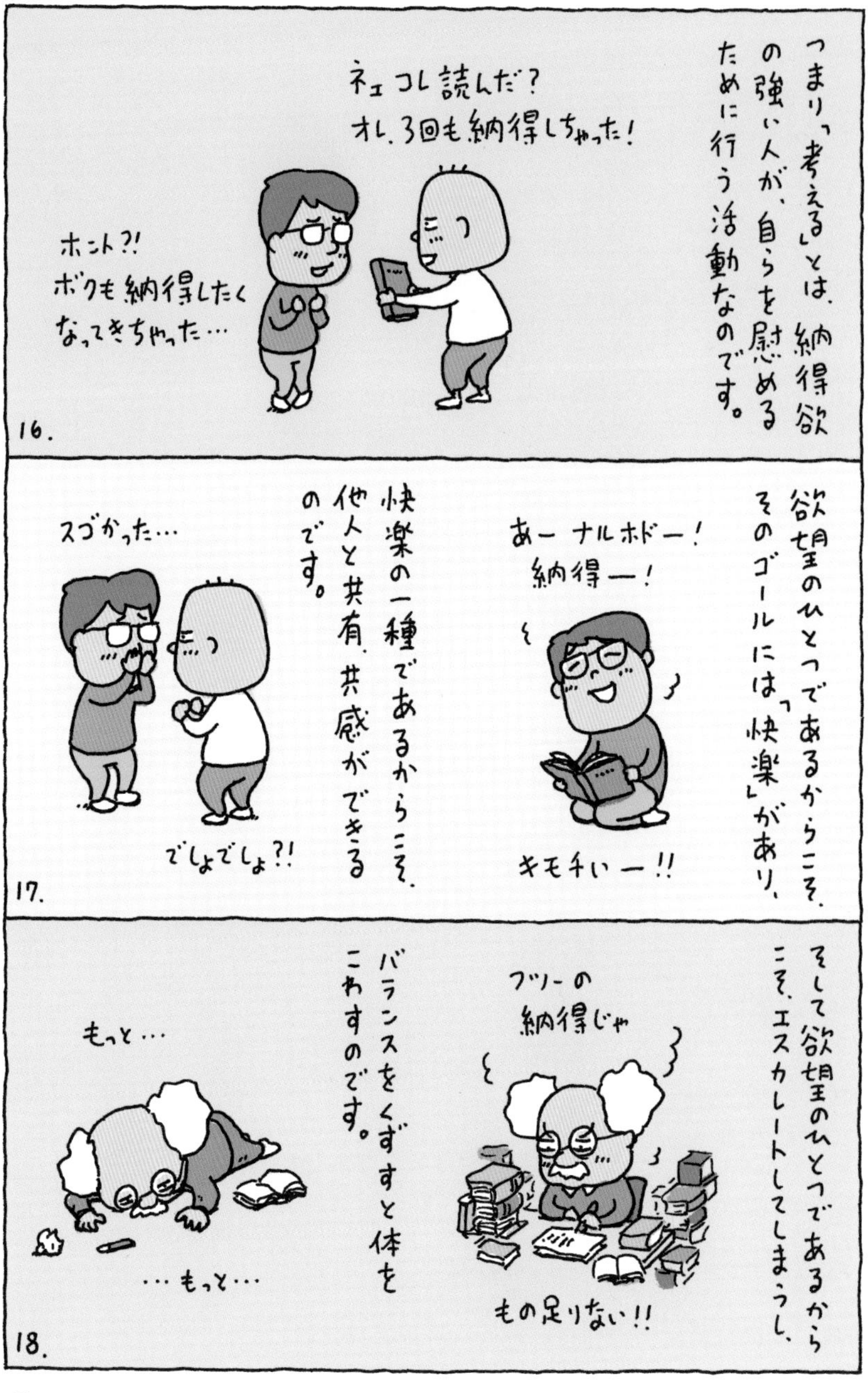
16.
つまり「考える」とは、納得欲の強い人が、自らを慰めるために行う活動なのです。
ネェコレ読んだ？
オレ、3回も納得しちゃった！
ホント?!
ボクも納得したくなってきちゃった…
17.
欲望のひとつであるからこそ、そのゴールには「快楽」があり、
あー ナルホドー！
納得ー！
キモチいー!!
快楽の一種であるからこそ、他人と共有、共感ができるのです。
スゴかった…
でしょでしょ?!
18.
そして欲望のひとつであるからこそ、エスカレートしてしまうし、
フツーの納得じゃ
もの足りない!!
バランスをくずすと体をこわすのです。
もっと…
…もっと…

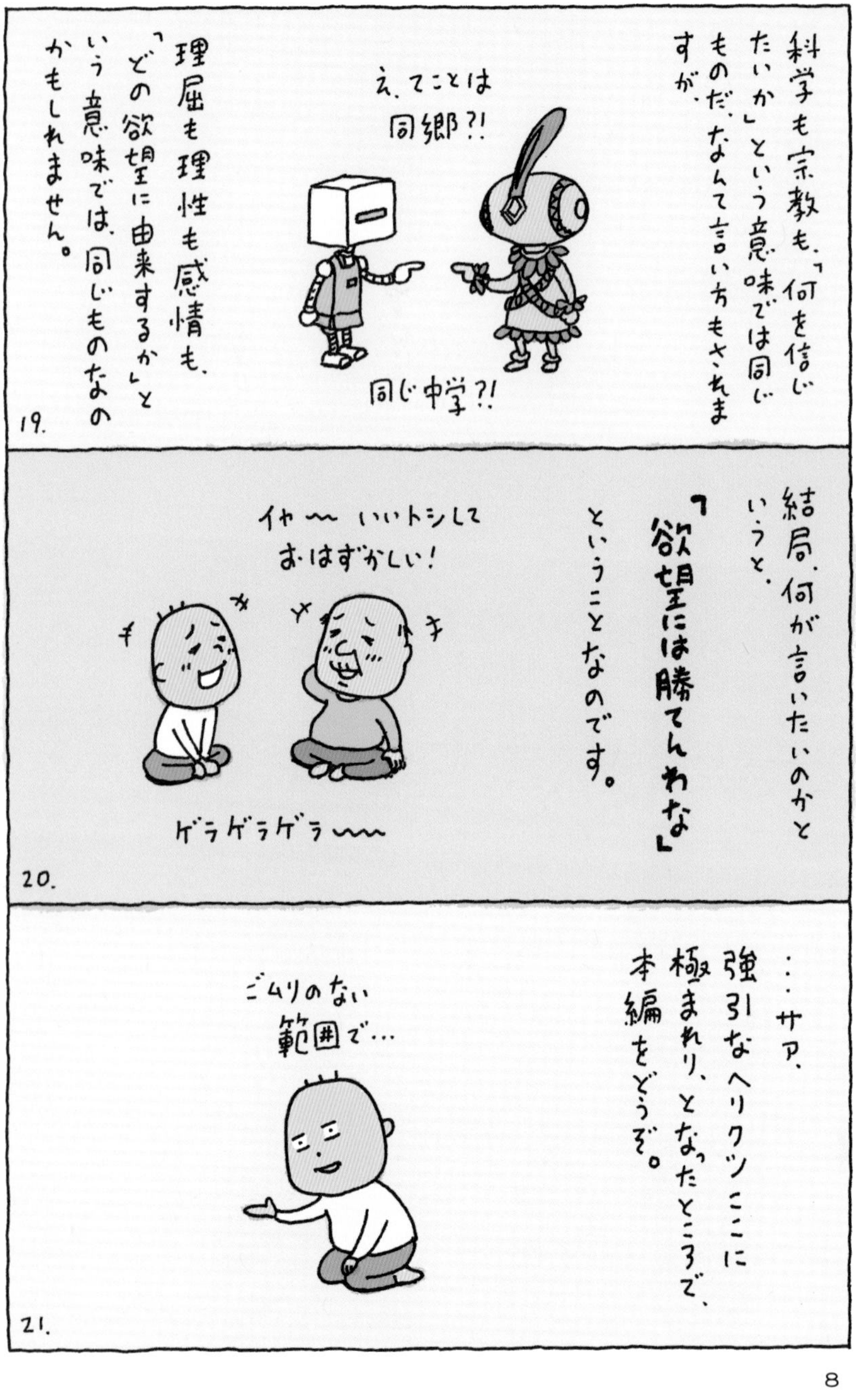
科学も宗教も「何を信じたいか」という意味では同じものだ、なんて言い方もされますが、
え、てことは同郷?!
同じ中学?!
理屈も理性も感情も、「どの欲望に由来するか」という意味では、同じものなのかもしれません。
19.
結局、何が言いたいのかというと、

「欲望には勝てんわな」

ということなのです。

イヤ〜〜 いいトシして おはずかしい!

ゲラゲラゲラ〜〜
20.
……サア、強引なヘリクツここに極まれり、となったところで、本編をどうぞ。

ごムリのない範囲で…
21.

目次

第1章　家でも外でも、欲が出ました

ATM

第2章 親子そろって、欲が出ました

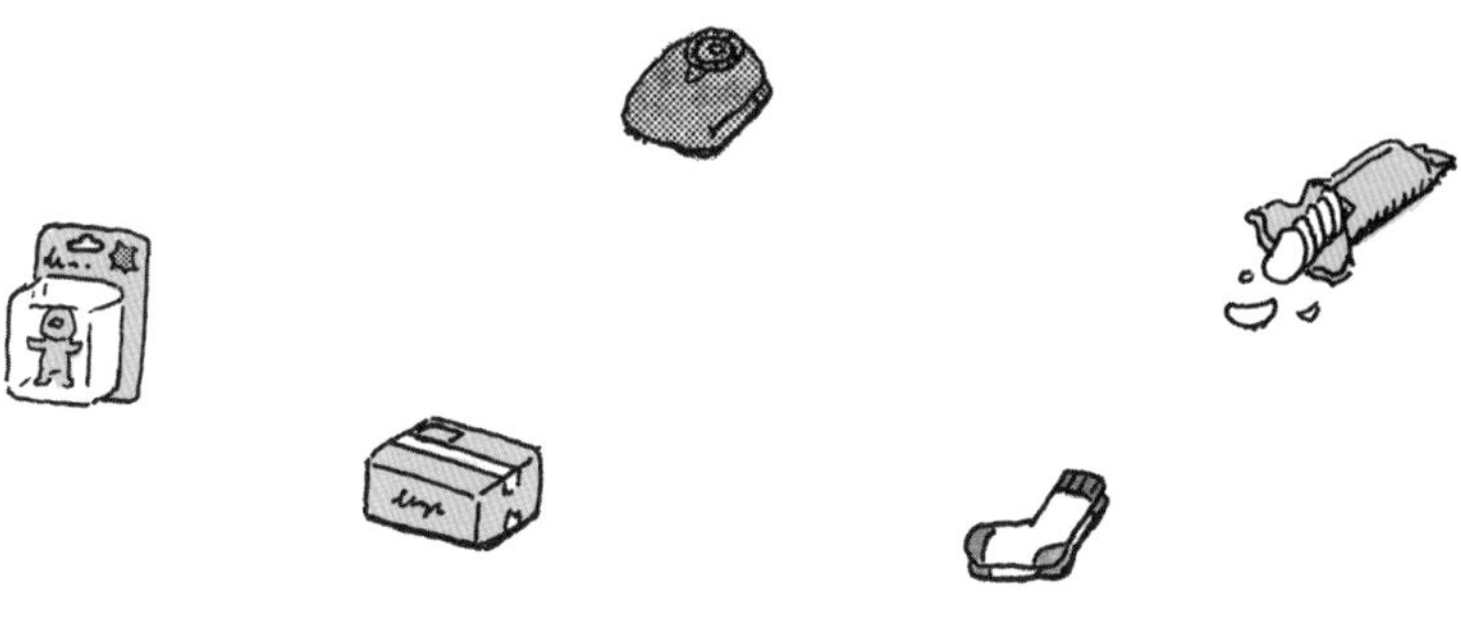

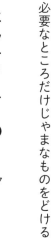

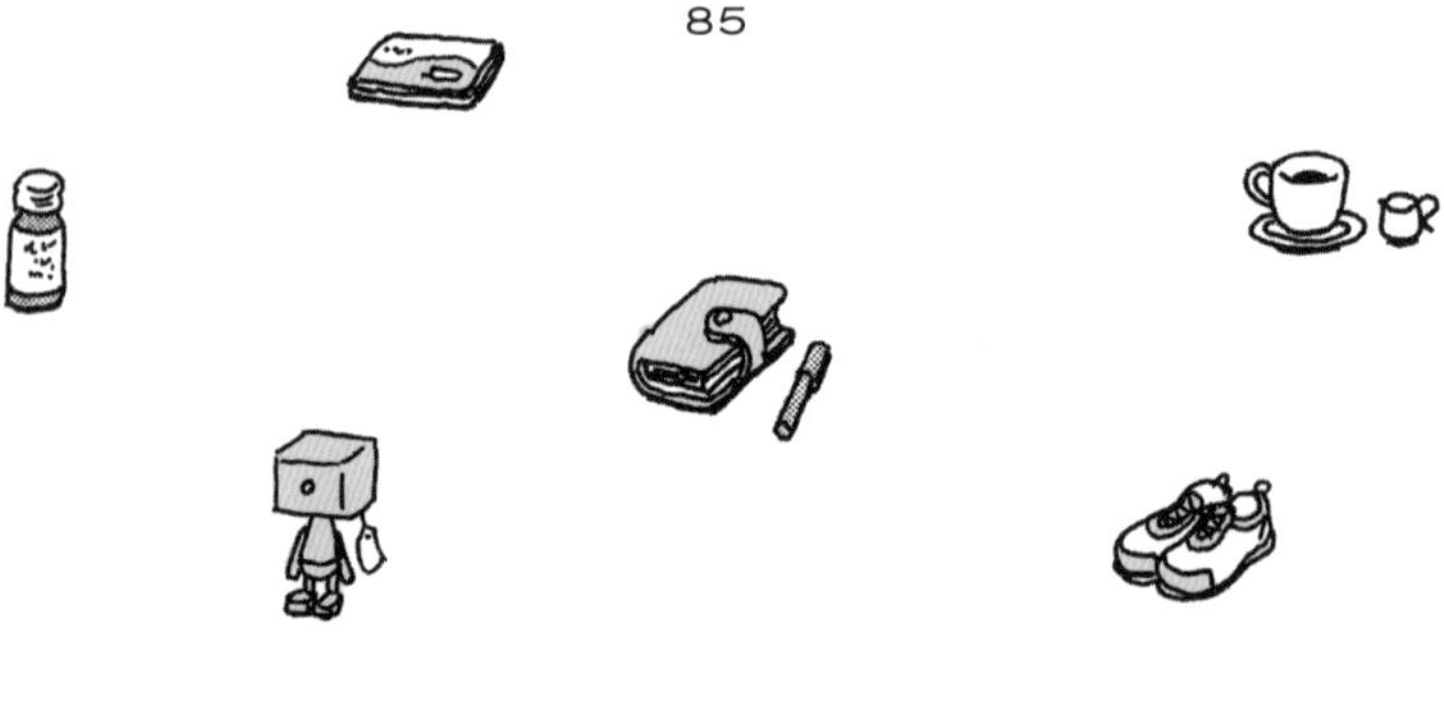

第3章

朝から晩まで、欲が出ました

ブックデザイン・彩色　浅妻健司

欲が出ました

せっかくだから

欲しがっちゃおう
かしら…

第1章

家でも外でも、欲が出ました

欲が出た時の顔

これは、プチ欲が出た時の顔。お菓子をもう一個取っていいんじゃないかとか、俺はもうちょっと寝てていいんじゃないかとか、人間って欲が出る瞬間があるわけです。

欲が出るから成功もするし、欲が出るから失敗もするわけなんですけど。こういう自分の中で欲が出た瞬間って、どんな顔をしてるのかな？と思ったんですね。

ひょっとしたらこのまま作家になれるんじゃないか？

黙ってたらもう一個取ってもわかんないんじゃない？

人間ってそういう、あれ？いけるんじ

やない？みたいなとき、何とも言えない顔をする。そんな欲が出た瞬間の顔ばっかり集めた写真集があったら、ぜひ買いたいと思いました。

あー、この人、欲出てるわ、いけると思っちゃったんだろうな、ってのをたくさん見てみたい。ただ、どうやってその瞬間を写真に撮るかが、一番問題なんですけど。

という感じで、脈絡ないんですが、いつも、思ったことをそのまま描いてます。

人間が
午前中に
やってしまいたいこと

人間が

午前中にやってしまいたいことっていうのが、あるらしいんです。

この間の休日、大きなシーツを洗わなきゃいけないんで、コインランドリーに行ったんですね。ところが、めちゃめちゃ混んでる。

結局、みんな、おんなじことを考えるんですよ。平日働いて、休みになって、そろそろ洗濯とかやんなきゃと。で、午前中にそういうこまごましたのをやってしまって、午後からみんなで出かけましょうってなるから、コインランドリーが一番混むのは休日の午前中。

店のおばちゃん曰く、「平日の午後が一番空いてる」と。要はみんな働いてる時間ですね。

で、人間て午前中にやってしまいたいことがあるんだな、と知ったとき、「ああ、だよなー」って。すごい大事なこと、大事な何かのしっぽを見つけた気がしました。すごいビジネスチャンスにもなるな、とも思いました。

それは、洗濯とかそういうこまごましたことのほかにも、もっといろいろあるはずなんです。

「どう？」

「ニャーウ」

ネコに何かを聞くと、ニャーウ（似合う）。何を着てても、全部似合うって、言ってもらえる。

そんなネコを飼いたいな、という話です。

ムニー
トイレットペーパーの
ふくろって
やぶくよねー

トイレットペーパー

の袋ってやぶくよねーって話です。みなさんどうしてます？　はさみとかで切ってます？

僕は、いつもめんどくさくて、うにーってやぶいちゃうんですけど。あれは、やぶかれるべくして、みんなやぶいてんじゃないかなと思いまして。

あの袋、もうちょっとどうにかできたらいいのに、というだけの話なんです。最初の一個を取り出したいだけなのに、結構難しかったりする。でも、ああいうのを試行錯誤してる時間っていうのも、実は人生の一部なのだなあ、と思いました。

もうね。
それだけで
15%!

「もうね、それだけで15%！」って、何かすごい興奮してるおばちゃんがいたんです。

隣に座ってて、そこだけ聞こえてきたんですよ。見たら、身振り手振りで、すごいオーバーアクション。もうそれだけでもう15%、って。

気になりますよね？　何が?!ってなる。でも、わかんないんです、聞こえてきたのがそこだけだから。

世の中、こういうことってよくありますよね。

ちらっと耳に入ってきた情報で、このあとこのおばちゃんたちは何を決断して、その15%に何を託すのか。聞いてるだけのこっちも、興奮してきて。

何かいいなーと思いました。こういう瞬間を耳にすると、明日も生きてていいかもな、世の中捨てたもんじゃないなって、ぼくは、そう思えるんです。

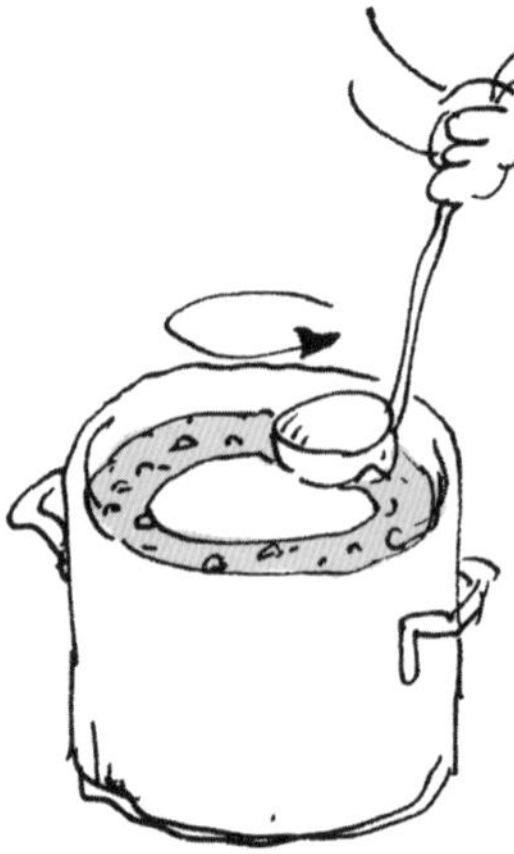

表面にうかんでる
イロイロを どかしてから すくう
ていねいに

ラーメン屋さんに

行くと、スープがよく大きな寸胴《ずんどう》で作りおきしてある。

表面にネギとか豚骨とかが浮いていて、そのスープをすくうときには、それをおたまですーっとどかしてからすくうんですよね。

それが楽しくていつもよく見るんですけど。

欲しいものは下のほうにある、澄んだいろんなものが抽出されたもの。なんだけれども、表面にはその材料がいっぱい浮かんでる。で、いきなりがぽっとよそってしまうとそういう余計なものが入ってきてしまうので、その前に、表面に浮かんでるイロイロを丁寧《ていねい》にどかしてからすくう、って作業が必要になる。

作品を作るときも、本来言いたいこと、伝えたいこと、面白いなって思ってることを表現するためには、何か余計なものをどかす必要がある。

で、それを丁寧にどかして、中の一番味わってもらいたい部分だけをすくう作業が、物作りをするうえで実は一番難しくて大事なことなんじゃないかな、っていうのをラーメン屋さんで思ったって話なんです。

ついつい何か表側の余計な部分も、すくっちゃったりするんですよね。でも、そういうのをどかさないと、本来のものが伝わらなかったり、おいしくなかったりするんじゃないか。

その一連の作業をきれいにできたら気持ちいい。作品作りにおいても、そうだなって考えました。

感謝を促《うなが》す係

そう考えると
ホント
「ありがとう」
ですよネ。
ありがたいと
思いません？

子どもとかに、人のありがたみを教える仕事って、あった方がいいよなと思ってて。

人の半分ぐらいの身長で、感謝を促《うなが》す係。

そう考えるとホント「ありがとう」ですよネ、って、嫌みじゃなくさらっと言いに来て、誰かへの感謝の念を、わき起こさせる……。

要は子どもに、「あんたのお母さん、あんたのために一生懸命やってんだよ。だからお母さんに、あなたはもっと感謝すべき状況なんですよ」、っていうことを、あんまり押しつけがましくなく話す人がいてほしい。

子どもは、お母さんから言われたら絶対感謝しないけれども、こういう第三者が来て、「ありがたいと思いません？」と言ってくれると、「あ、確かに」って、意外と納得出来たりするかもしれないので。

会社に来たなら、「あの後輩、何だかんだ言いながら、こういうこともやってくれるし、そう考えるとホントありがとうが必要ねー」って先輩を諭してくれる。で、この感謝係がたったたって帰ったあと、先輩が「いつもありがとね」みたいな、めったにない感謝の言葉を、後輩にかける。

そういうどちら側の立場でもない中立の人がいて、お互いに対する感謝の念を呼び起こす、いい感じの言い方をしてくれると、世の中もっと潤滑に動くんじゃないでしょうか。

それがこの人の仕事です。ただ、誰からお金もらうかは、わかんないんですけど。

なぜ うまくいかないのか。

それってつまり

「持ち方が違う」

みたいなことなんじゃ

ないかしら。

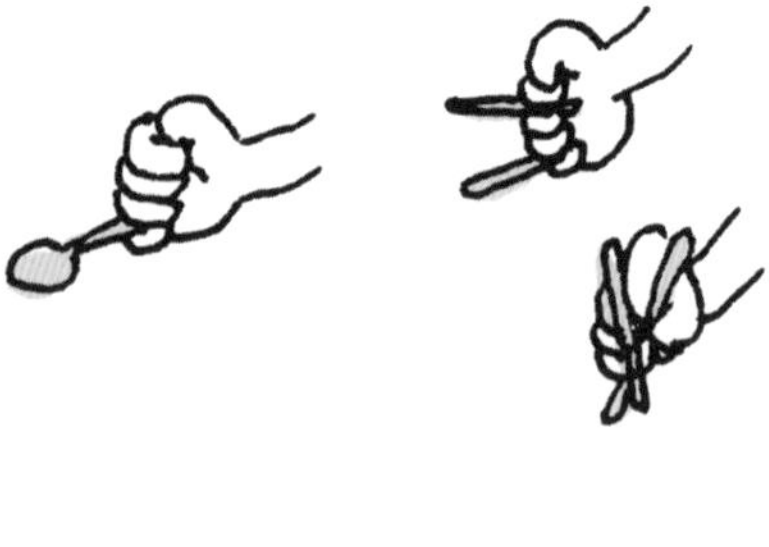

なぜうまくいかないのか。

それってつまり「持ち方が違う」みたいなことなんじゃないかしら、って話なんですけど。

何かが思ったようにうまくできないとき、それはそもそもの持ち方がおかしいんじゃないか、大前提を疑うってことも大事だなと。

子どもがおはしを使うのが下手で、それでよくよく見たらやっぱり持ち方がおかしくて、もっと上の方で持たないからつかめないんだよ、みたいなことをよく言うんです。

おはしもそうだし、何かしらうまくいかないってことは、持ち方がそもそもおかしいときのほうが多いんだろうなって、気がつきました。

そもそもの持ち方、とらえ方っていうのをちゃんと教えてくれる人さえいれば、結構いろんなところがうまくいくのかもしれません。

だってホラ
本人だもの。

あきる訳には
いかんわな。

だってホラ

本人だもの。あきる訳にはいかんわな。

僕はいつも、ぐるぐるぐる考えてて。

で、ぐじぐじぐじぐじ考えてる自分に何か嫌気がさしたところで、でもそっか、僕は僕の本体を離脱するわけにはいかないんだなって、まあいつもの結論になるわけです。

自分自身にあきることはできないよな、って。

環境を変えると何かよくなるんじゃないかと、人って思いがちですけども。でも結局、どこに行っても本人は本人ですからね。すべてをリセットできる訳じゃない。

人間である以上、そこをどうにか飼いならして、自分の中でどうにかして面白がっていかざるを得ないよな。だって本人だものっていう、身も蓋もない話でした。

引力の強すぎるものには
近付かないようにしています。

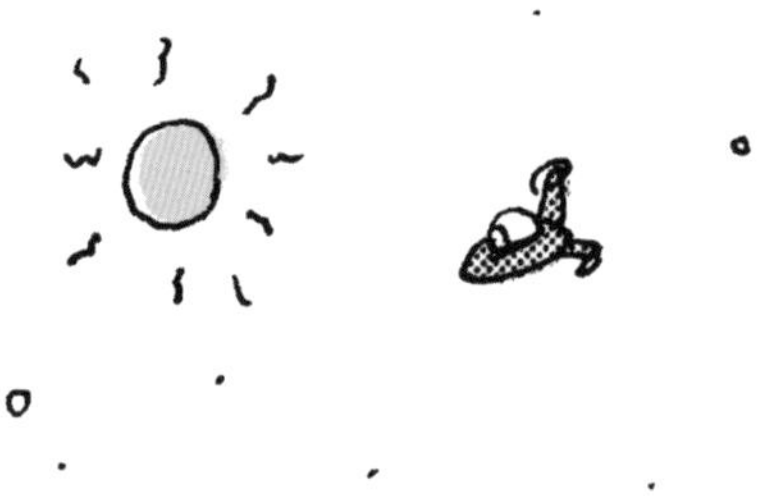

離れられなく
なっちゃうから。

世の中には、

影響力の強い人や、思想だったり、団体だったり、もののの言い方とかってあって。すごい引力が強い。年取ってきたら、そういう引力の強いものから逃れる体力が、だんだん減ってきた。だから、何か引力の強すぎる人に近付くと、その引力圏内から抜け出せなくなるんじゃないかって、恐怖があるんです。

年取った人が、新興宗教にはまったりすると抜け出せないっていうのは、やっぱり強すぎるものに、人間いくつになってもひかれるわけで。で、がーってひかれて、また戻ってくるには、引力圏から離脱するだけのパワーがないと戻ってこられないわけですよね。で、こっちの体力がなくなっちゃうと、そこから抜け出せなくなるよっていうことを、みんな知っといたほうがいい、って思ったんですね。

若い頃は、誰かの思想にすごく傾倒してみたり、同じ人のものばっかり読んだり見たり、何かそういうものに引き寄せられて、あっち行ってみたりこっち行ってみたりして。

若いから、じゃあ次こっち、次あっちって行けたんだけれども、今はもう出来ない。だから、僕は最近は引力の強すぎるものには近付かないようにしています。

何か強すぎるものにひかれて、そこから戻ってこない楽しみももちろんあるんだけれども、僕の場合、結局自分が自分でなくなることの恐怖っていうもののほうが、勝るんですよね。

で、そうまでして守るべき自分って何だ？って聞かれると、大したことないから困っちゃうんですが。

でも、自分が自分じゃなくなっちゃうのかもしれない怖さみたいなものは、みんなあるよね、ということです。

魅力のあるものっていうのは、遠くから、見たほうがいいのかもしれません。

サァ!
今日も元気に
顔色をうかがっていこ〜!

「サァ!今日も元気に顔色をうかがっていこっ!」

「おおー!」

って。これは、みんなで、朝一発目に気合いを入れるためのかけ声です。

もうこれ以上でもこれ以下でもない。

社会人がやってることって、ほぼこれだけじゃないかとも思います。

欲しいものシリーズ。

天井に大きなブラシがくっついてる部屋なんです。

で、朝起きて、反対側に台所があるんですが、そこへ、ばーってブラシの下を走り抜けると、髪の毛がさらさらになってる。

便利ですよね。くっちゃくちゃの寝癖が、下を通るだけで直る。これいいな、誰か作ってくれないかなと。

肯定係

そのままで
いいのよ。
大丈夫よ。
しなくて
いいのよ。

感謝係の次は、肯定係。

そのままでいいのよ。大丈夫よ。しなくていいのよ。って、言ってくれる。

あなたはいいのよ、そのままで、って。よく考えてみると、必要だったじゃないですか、やってよかったじゃないですか、それ、糧《かて》になってますよ、とか。

肯定係の方々はプロなので、「不要な肯定はしない」「甘やかしすぎない」ってのがポイントですね。すぐにでも来てほしいです。

人間は
平らなところが好き。

すぐ平らにしようとする。

水平欲って、

人間にあるなと思いました。

飛行機から地上を見ると、人間が住んでるとこって平らなとこだけなんですよ。人間はとにかく平らなとこを探して、山になってるところなら平らにして。山のてっぺんの高いところとかには、住まない。

当たり前なんですけど。坂道とかに建ってる家も、いちいち階段状に平らにしてから建ててる。ああいうのを見るたびに、我々って平らなとこ好きだなって、すごい当たり前だけど思って。

テント張るときも、水平のとこを探す。ちょっとでも傾いてると、すごい気になる。まず水平にしよう、したいっていう気持ちが絶対ある。

動物って、どこでも暮らせるけれども、人間はまず平らな場所。この人間の絶対的な水平至上主義みたいなのって、何か面白いなって。

途中まで完璧
だったんスよ。

途中まで完璧だったんスよ。

この間、道を通りかかったときに、お兄ちゃんが言ってたんですよね。

その一言でこの二人の上下関係だったり、今まで何があったのかだったり、すべてわかるっていう、非常に情報量の多い一瞬で、僕は満足してその横を通り過ぎました。

どうやらビルの飲食店がつぶれて、ソファみたいな椅子を廃棄処分しなきゃいけない。で、トラックにきれいに積むと全部積めるはずなんだと。

トラックの上で積んでるのが多分、後輩なんですね。で、先輩がお店から一個ずつソファを下ろして来て、ふと荷台を見ると、もうぐっちゃぐちゃ。で、にらまれた若いお兄ちゃんが、途中まで完璧だったんスよ、って弁解してて。

まあ、頑張れっていう話なんです。

実際にいいことが
なくても。
「幸せの予感」さえあれば
どうにかやっていける

実際に

いいことがなくても、「幸せの予感」さえあればどうにかやっていける。そういうものだなあと。おじいちゃんが大吉を持ってニコニコしてるんですけど。

人間って、実際には何にもいいことがなくても、あ、大吉出た、ラッキー、だけで幸せになれる。それは、大吉ってことはいいことあるかも、明日突然美女に抱きつかれるかもっていう、ポジティブシンキングができるから。

現実に、幸せかどうか、満ち足りてるかどうかではなくて、この先満ち足りるかもしれないっていう予感が心の中で発動するかどうかで、実は幸せって決まるのではないかと。

実際には、起きたいいことなんかすぐ忘れちゃうし、すぐあきちゃうし、この先いいことが起こる確率なんてすごく低いはずだけど、でも、それだけじゃないはずだ、もっと楽しいことだって起きるかもしれないって、大した根拠もなしに思えるかどうか。希望って、つまりそういうことだと思うのです。

人類よ。

おまえたちは

一回にトイレット

ペーパーを使う量が

多すぎる。

これは、

ネタですね。人類よ。おまえたちは一回にトイレットペーパーを使う量が多すぎる、って。

わざわざ警告に来る、宇宙人がいてね。実は、うちの嫁がすごい使うんですよ。あと、ティッシュペーパーなんか必ず二枚ずつ使う。

別に、僕は、いいんです。そこは個人の自由なので。それをやめろとは言わないんだけど、いつもほんのちょっとだけ、モヤッとする。だから、ついにはこういう怖い宇宙人が、来ちゃうんじゃないかって。

要は、宇宙人がかわりに言ってくんないかなあって。とうとう宇宙人頼みです。本当は、もう自分で言えってだけの話なんですけど。でも、名指しで言うと怒られちゃうから、人類全体に言ってもらいたい。そういう卑怯者の話です。

人生において
大事なことは
ひとつだけだ。
いいか？
「耳にとんがったものを
つっこんじゃいけない」
だ。

カート・ヴォネガット

（米国の小説家）を読んだら、とても面白くて。カートさん曰く、「僕は人生についていろいろペラペラ喋るのが仕事だけど、親父からは、人生において大事なことはひとつしか教わってない」と。で、そのひとつとは。

「耳にとんがったものをつっこんじゃいけない」だ。

　さらっとそう言うんですよ。確かにそのとおりだって、その距離感が絶妙で、かっこいい。で、自分もひとつ考えてみたんです。

志は高く
落としドコロは低く

よくかもう

「志は高く、落としドコロは低く、よくかもう」


これ大事だなと。

ゴールに至る具体的な方法はなるべくハードルが低い方がいい、その方が長もちするし。一方で、みんな目標が高すぎるのではないか、と。

だからその前に、よくかんで、って言いたい。

ビジネス書にもよく書かれているけど、本当にお金持ちになりたいっていうときの一歩目は、簡単なこと、すぐできることから、ですよね。

まずよくかもう、からなら誰でも気楽に始められるはず。

心にはめる
軍手のようなものが
欲しい

軍手を

はめるだけで、結構いろんなものをぐいぐい触れるようになるって、身体感覚として、おおーってなりませんか。落ち葉だって、素手で触ると痛いけど、軍手すれば平気だし、二枚重ねにしたらもっと何でもがんがん触れる。つまり、素手じゃなきゃいいんだって思ったとき、ちょっとすっとしました。素手で触ろうとするから、うわーってなるんだなと。

心にはめる軍手のようなものが欲しい。

何かそういう、一旦クッションになるようなものを自分の心の中に、考え方の中に入れておけば、割といろんなことと接しやすくなるんじゃないか。

軍手をしたときの身体的な変化みたいなことを、心理的にも起こせたら、苦手な人たちのことだって、ちょっと楽に考えられるんじゃないか。

軍手をはめて触るのなら、実は触れるようなものって、本当はいっぱいあるんじゃないでしょうか。

植物の
ように

与えられる
光と水の
通りに

植物みたいで

いられたらいいなと。これだけの水をあげて、これだけ光を当てるとこういうふうに育ちます。そういうわかりやすい因果関係でいたいと思うときもあるわけです。植物のように与えられる光と水の通りに、って。

でも、人間はそういうわけにはいかない。おんなじ条件でおんなじことを言われても、全く違う受け取り方をしたり、全く違うアクションを起こしたりする。だからこそ悲劇も喜劇も起きるわけなんですけれども。

植物の素直さというか、入れられたものだけちゃんと形になるっていう感じが、何かうらやましくもあり、でもつまんなくもあり、みたいなことですね。

必要なところだけ
じゃまなものをどける

大雪が

降ったとき、みんなが使うところだけ、雪をどけるわけですね。そうすると、街で普段使ってるところだけが可視化される。っていうことは、この今、白い雪の残っている道のところは、実は普段なくてもいいのがわかる。

関東は、めったに雪が降りません。だからたまに積もると、急に社会が見える。若い家族の家の前は、早くから雪がどけられている。夕方まで雪が残ったままなのは、雪かきしたいけどできない家。一人暮らしのおじいちゃん、おばあちゃんの家なんだっていうのも、わかる。雪がいろんなものを可視化させる。反対側のお隣がいい人で、うちの雪かきもやっちゃうぐらいのパワーがあるとか、生き物としての強さもそういうときに出る。だから、雪の日は怖いんです。いろんなものが噴出するんで。

必要なところだけじゃまなものをどける、って。面白くないですか。世の中、みんな無意識にじゃまなものをどけながら生きてるわけです。それも最小限。たくさんどけるのは、大変だから。少ない労力で必要なところだけ、やる。

でも、その人その人で、家々で最小限のエリアが違うわけですよ。車があれば、もっとどかさなきゃなんないとか。

人生においても、その人その人のじゃまなもの、雪に代わる何かそういうものがあるはずで、みんなやっぱり雪かき的なことを毎日やりながら生きてるんだろうなあって、思ったんです。

あの人は、何をどけて生きているのか。

普段何気なくどかしてるけど、どけたことを本人はわかってないかもしれない。

それを、雪みたいに見えるようにできないだろうか、って。

スケッチコーナー❶

仲よく
なれなさそう
オブ・ザ・イヤー

テングチャイム

ピンポーン

サァ困ったぞ。

もっとおいしいと
思ってたぞ。

もっぱら
怠けてる
チーム

オレたち
営利団体

どんな時でも
顔が笑ってる病

そこを
ふまえて
ちょうだい。

ウリを書いたら
すぐ辞めちゃうし
ホントのコト書いたら
人が来ないし。

会社案内って
ムツカシイわね。

そうですね。
おっぱいは
好きですね。

やっぱり
哺乳類なんで。

ちょっとだけ
イヤな顔をされる

「遅すぎた天才」

早すぎた天才は
カッコいいんだ
けどな…

キミのソレは、

何不足なの?

うれしいのは
おまえだけだ

雑用犬

生きるための
リズム感みたいな
ものが

なんていうか
アレなんでしょうかネ.

本当の私に
気付いた者は
追放とする。

何と迷ってんの
何と迷ってんの？

恐竜の時代の後に
クラゲの時代があったの
ですが、化石が残ってないので
誰も知りません。

けっこう知的な
生物でした。

輝きライフ

言葉がにごる場面

あー…
そう…
ですネ…
まあ…
でき…
ます…が。

月刊
てんぐ時代

持ってて
&
待ってて

人生の参加賞

うしろから
失礼しまーす

まわり
ながら
失礼しまーす

なんなら
友だちです

この先一生
おまえの食べるリンゴは
すべてスカスカだ！

熱しにくく、
冷めやすい

羊の皮をかぶった羊

今、私の心の
一等地で、

テナントを募集
しています。

あんなTシャツ
着てる人に
言われたくない

月刊ぬかよろこび

一般公開

すいません。店長。

平べったいもの同好会

架空の島

架空の休暇

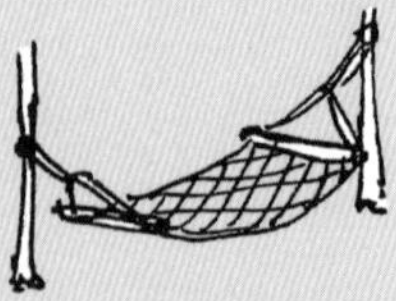

コタツ
&

キャタツ

第2章

親子そろって、欲が出ました

ボクは この世に
100年くらいしか
いないんだ。
期間限定
なんだヨ！

ボクは

この世に100年くらい
しかいないんだ。
期間限定なんだヨ！

旬のものやキャンペーンなど、期間限定のものに弱い人は多いですが、それは自分自身も期間限定の存在だからなのかな？と思いました。

次男は、とにかく甘いものを食べるのが好きなので、事あるごとにお菓子をたべていいかっていう、許可をもらいに来るんですよ。

ハイチュウたべていい？

ハイチュウたべていい？って。

さっき、たべたじゃんっていうのに、それでも、一回一回交渉しに来る。

勝手にこっそりたべたりしないのが、律儀なところで、毎回ちゃんと許可を得ようとする。承認欲ですかね。そこが面白くて描きました。

大きなものを持つと、
人は(主に子ども)ちょっと
興奮する

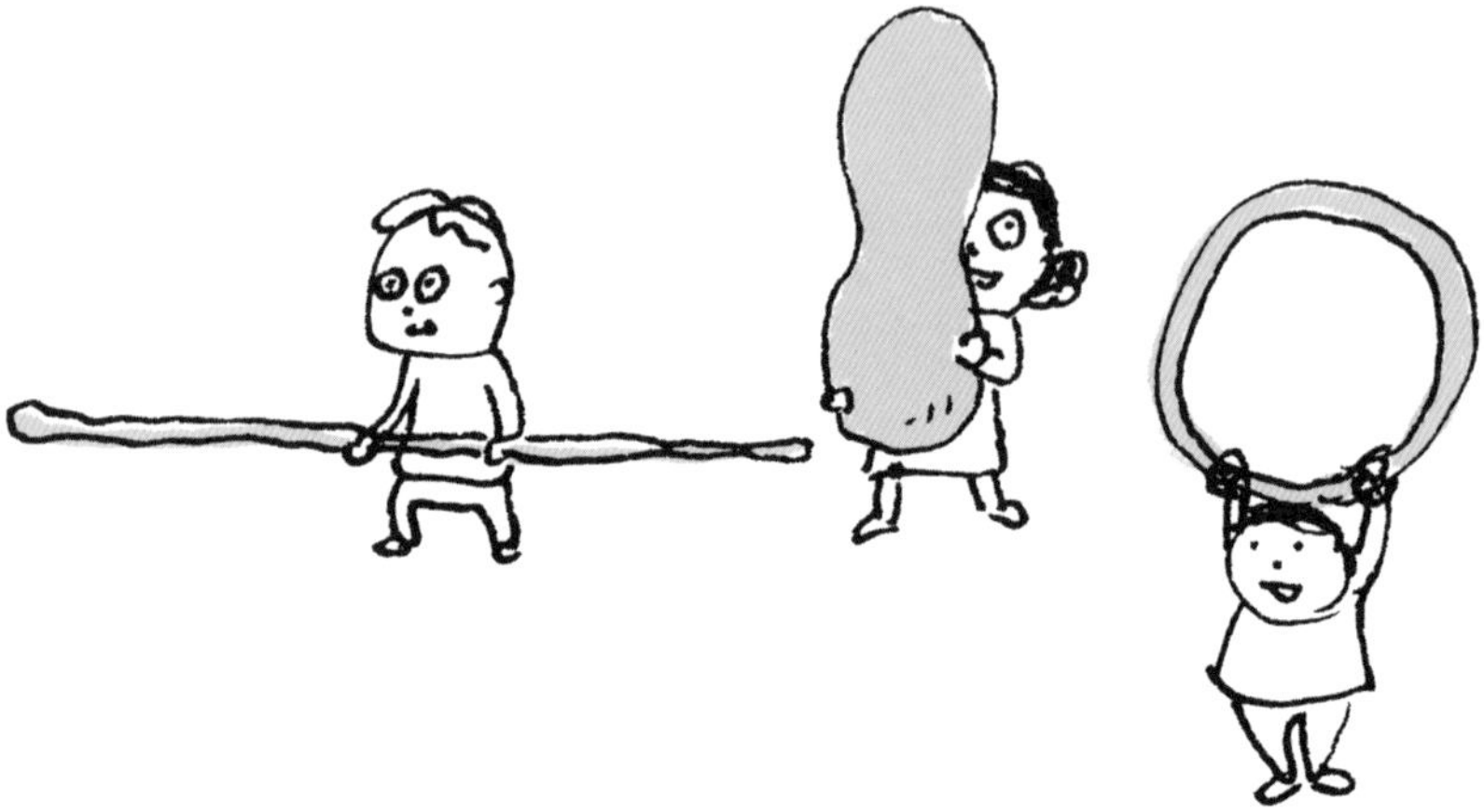

大きなもの

を持つと人は（主に子ども）ちょっと興奮する。特にちっちゃい子がそうなんだけど、何か長ーい棒とか持つと、おおーってなりますよね。体がぶるんぶるんとして、大きいものを持つのって楽しいんですよ。

運動会で、校庭に自分の椅子を持って行ってくださいと言われたときに、椅子持って歩くのもちょっとわくわくするでしょう。普段持たないものを持つと、興奮しませんか。

大きな机を二人で両端持って動かしたりするのも、ちょっと楽しかったりする。待って待ってとか、一回置こう一回置こうとか、声を掛け合ったりして。ああいうやり取りって、何かいい。一人でもできるけど、人が二人いて、いいなって思う瞬間がたまにあります。

二人でシーツをたたんだりすると、ああ、やっぱり二人って便利だわって思う。大きなものを運ぶときに反対側を持ってもらうと、すごい！人って最高！みたいに嬉しい。

何も愛だ、恋だ言わなくても、シーツをたたむためだけで、二人で暮らしてもいいんじゃないか。夫婦が一緒にいる理由は、大きなものがたたみやすいってだけで、十何年連れ添ってもいいわけですよ。

そんな人間の体の仕組みから、愛を取り戻すって方法もないわけじゃないな、という思いもあります。話が予想外の所へ来ました。

犬はぜんぶ男で
ネコはぜんぶ女だと
思ってた

次男が聞いてきました。

「お父さん、犬にも女の子っているの？」

「そりゃいるさ」

「あ、そうなんだ！」

すごい驚いてて、

「え、何で？」

って聞いたら、

「犬はぜんぶ男で、ネコはぜんぶ女だと思ってた」

って言って、ああ、何かわかる気がするなと。知り合いの編集者にも、子どもの頃そう思ってたって言う人もいて。

なるほど。そういう子って、意外と多いだろうな。僕は違ったけど、わかるって思った一コマです。あなたは、どうでした？

イスカンダル

これ、ちょっと

僕より年上じゃないとわかんないですかね。

まあ思いついただけなんですが。この「だから何だ」感。イラストで記録しておくのにちょうどいい「どうでもよさ」。スケッチの醍醐味です。

♪イスカンダルへ、ってやつですね。

これは砂場。

公園に連れてったら、砂をちょっと山にして上を平らにするみたいな作業をずーっとやっていて、それがもう楽しくてしょうがないみたいで、いつまでもそれをやってるんですよね。

本当に、そんなことが楽しいのか、って。子どもを見てると時々びっくりします。砂が好きな気持ちはわかるけど、でも僕はそこまで長い時間は持たないな。すごい、って。飴玉一個で喜ぶのと一緒で、砂が一握りあるだけで三十分持つんだ。君たち、燃費いいなあって、ある意味うらやましいです。

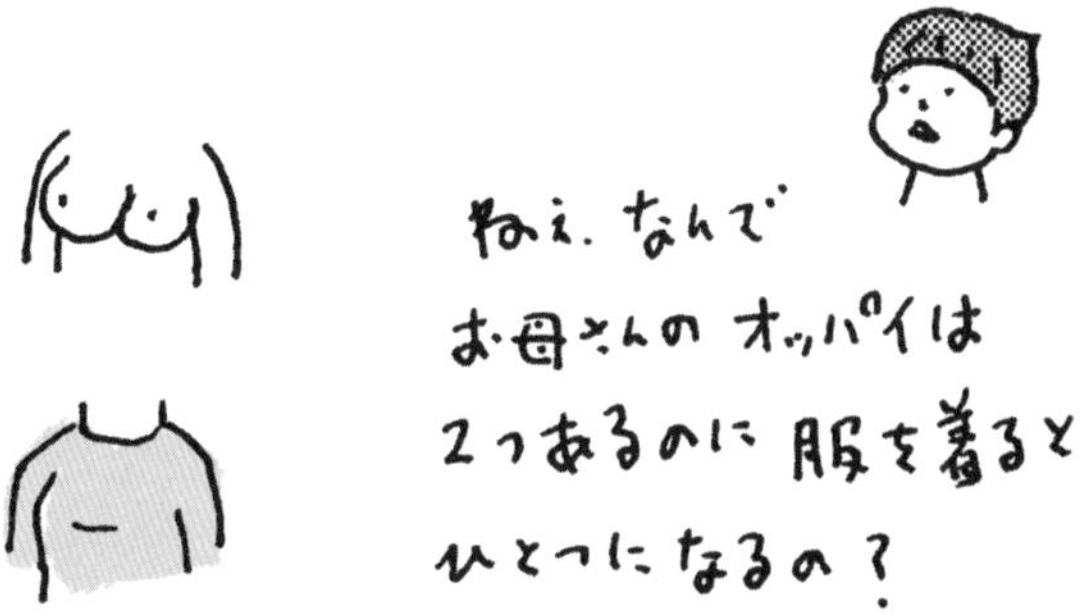
ねぇ、なんで
お母さんの オッパイは
2つあるのに 服を着ると
ひとつになるの？

これもうちの次男。

ねえ何で、お母さんのオッパイは二つあるのに、服を着ると一つになるの？って。

あー、なるほどと思って。

実際オッパイは二つあるんだけど、服を着ると一かたまりになる。それがすごく不思議だったみたいで。

どこでくっついちゃうんだろう、という疑問が、何か新鮮だったんです。

やさしく
そーっとひっぱると、

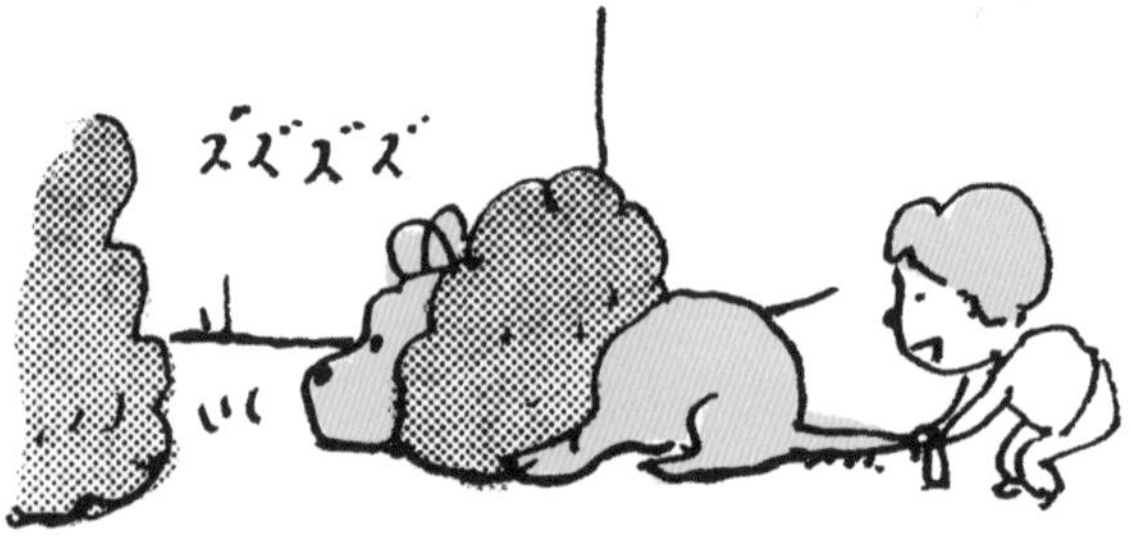

しっぽのもちぬしの
正体を見ることができる

ズズズズ。

やさしくそーっとひっぱると、しっぽのもちぬしの正体を見ることができる。しっぽはきれちゃうけど。

ちょっと絵本っぽいでしょう。こういう始まりっていいなと思って。ここまでしか描いてないんですけど。

よーく見ると、この世界のいろんなところに、しっぽが出ている。普段、僕が、どんどんスケッチを描きためてるのって、まさにこういうことなんじゃないかなと。その気になって探すと、いろんなところに面白いもの、何か世界の秘密みたいなものが、

らんぼうにひっぱると
しっぽはきれちゃうけど。
プツ

転がってるんですね。塀の隙間だったり、サラリーマンのおじさんのYシャツの端っこだったりとかに。

それをらんぼうにひっぱると、ただそれだけで終わってしまう話なんだけど、よーく考えてひっぱると、何でこの人こんな服着てるんだろうとか、何であの人はあの後ろ髪の長さでいいと思ったんだろうとか、アイデアのかけらになる。

何でこの子は何回言っても忘れ物しちゃうんだろうみたいな、小さい小さいことの中に、その人らしさだったり、人間らしさだったり、世界の秘密や、人類の癖みたいなものってあるはずで、そういうしっぽを

よーく見ると、
この世界の
いろんなところに
しっぽが出ている

一個ずつそーっとひっぱって、こいつのしっぽだったんだみたいなことを、見つけてみたいんです。

しっぽってこういうところにあるんだぜとか、こういうふうにひっぱると怒るんだぜとか。一個ずつ集めていけたら僕は面白いし、俺こういう新しいしっぽ見つけたんだけど、すごい長かったのにひっぱったら結構本体がちっちゃくてがっかりしたよ、みたいなことを、みんなで寄せ集めて、しっぽ図鑑を作って楽しんでいけたら、平和だなあと。

幸せのなり方とか、つらいことの忘れ方みたいなことも、多分そういういろんなしっぽの先についてるんじゃないでしょうか。

それはほっとくと、しっぽでしかないけれども、実際は大きなものの一部であり。じゃあ、そのしっぽからそれぞれが何を読み取るか。

それを丁寧に手繰り寄せるのは自分だし、その本体から何を読み取るかも、自分のセンスだったり努力だったりする。でも、何度もひっぱってると、そのうちうまくなるんです。俺、こういうのが好きなんだとか、こういうことが許せないんだとか、これをやってると楽しいんだみたいなことが案外わかってくる。


しっぽ探しは、いつでも始められるし、いつでもやめられるし。で、そこからその人にとって面白いと思うものが見つけられるよというのが、とても救いのある楽しいことなんじゃないでしょうか。

おなかが
バカーッてなって
しんでもいいから
バナナジュース
のみたいの！

これは、うちの子じゃなくて、お店に行ったら、どっかの子がお母さんに、ジュースを頼みたいんだと、一生懸命せがんでいる。
で、お母さんが、さっき飲んだでしょ、そんな飲んだらおなか破けちゃうよ、と怒ったら。

おなかがバカーッてなって、しんでもいいから、バナナジュースのみたいの！って。

すごい力説してて、わかるなあって。この「今さえよければ」感。面白い。
人んちの子だから飲ませたいけど、自分の子が言ったら絶対飲ませない、という話でもあるんですけどね。

あの日にまつわるアレコレを

すっかり
忘れているフリが
うまくなりたい。

しっかり
おぼえているフリも
うまくなりたい。

いろんな

あの日があるんですけど、いろんなことで心に引っかかるんだけれども、それは忘れることはできなくても、忘れたふりをしていたい。せめて忘れてるふりがうまくなれたらいいのになあ、って思う瞬間があります。

逆にすごく大事なことは、普段は忘れてしまうけれども、せめて覚えてるふりだけでもできるようになりたいっていう。

気をつけないと、忘れちゃいけない大事なことや楽しいことをすぐに忘れて、覚えておかなくてもいい、つまらないことやつらいことをいつまでも覚えていたりしますよね。人の記憶のままならなさです。

あの日にまつわるアレコレを、すっかり忘れているフリがうまくなりたい。しっかりおぼえているフリもうまくなりたい。

正しいかどうかではなく

「気がすむ」かどうか

さんざん
グチって
気がすんだ

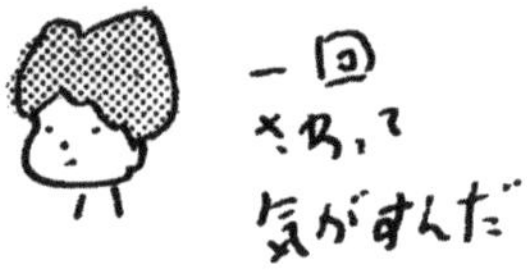
一回
さわって
気がすんだ

子育てしてて、

子どもが「あそこさわりたい」と言ったときに、「絶対だめ」って怒ると、いつまでもぎゃーぎゃー泣くけど、一回さわらせると落ち着くことってありますよね。

認知症の介護ヘルパーの仕事でも、やっぱりまず相手の話を全部聞いてあげる。相手がやりたいことをまずやらせてあげる。それから、相手にやってほしいことを提案する、のが大原則だそうです。

世の中って、やっぱり正しいかどうかでは回ってない。

正しいかどうかではなく「気がすむ」かどうか

正しいかどうかではなく、誰かの「気がすむ」かどうか、なんですね。

要は、何をすればその人の気がすむのかっていうことをクリアしないと、次にいかないいんだなっていうのが、やっぱり夫婦生活からも見えてくるわけですね。

絶対それ失敗するからって僕が言っても、嫁は絶対聞かないんですよ。で、失敗したら気がすむんです。自分がいいと思ってたのと違ってた、ってあっさり言うんです。人から言われてその選択肢をなくすっていう判断は、彼女の中にない。だから、最終的に僕の言ったことをやるんだけれども、その前に自分でやらないことには絶対本人納得しないんですよね。「言ってたじゃん、それ」っていうのはない。

すごいグチばかり言ってて聞くのがめんどくさい時もあるけれども、それを全部最後まで聞かないことには次に進まない。「今忙しいから、ちょっとはしょってくれる？」っていうわけにはいかない。

と気づくまで、十年かかりました。

正しいかどうかではなく「気がすむ」かどうか

ああ、まだ気がすんでないんだなって、思えるかどうかです。気がすまないことにはこちらの話も聞いてくれないし、こちらがやりたいこともできない。まずやっぱり相手が気がすむかどうかっていうのを大事にすることが、最終的に自分の意見を通せるか、ものごとがいい方向に進むかの鍵になる。

正しいかどうかの話を最初にすると、何もうまくいかない。それは夫婦に限らず、誰でもそうだろうなと。

思いつきでものを言う上司がいたとして、上司が思いついたことに対して部下が「ああ、それもいいかもしれないですね」ってちゃんとほめれば、そこで一回気がすむ。「今度やってみます？ でも今回ちょっと予算がないんでこちらで」みたいな上司の処し方、あると思います。

気がすむかどうかって、大事だなっていうことですね。自分自身にも言えることなんです。どうすれば俺は気がすむんだろうかって。一回昼寝すればいいのか、一回謝ればいいのか、それで気がすむんだったらやっとこう、みたいなことですね。

ボク、1回
まっぷたつに
なったことあるんです!

これね。 気に入ってます。

何かすごいストーリーを感じるでしょう。絵本で最初の一ページ目がこれだったら、絶対読みますよね。ちょっともう、すごい縫ってんじゃん、とか。よかったね、つながって、って。

これだけで、十分僕は楽しい、盛り上がれるんですね。

こういう、一ページ目だけ、みたいなスケッチ、けっこうあります。

これ
はきな。
え？
それは
お母さんが
そう言ったの？

下の子の

ズボンが汚れて、はき替えさせてって嫁に言われて、僕がズボンを選んで。
「これはきな」って持ってったら、「え？　それはお母さんがそう言ったの？」。

全然信用されてないんですよね。保護者としての価値が低い。
でも、向こうにしたら、どうせそれをはいたところで、「え、それなの」ってお母さんが言ってきたら、もう一回はき替えなきゃいけないから、面倒くさいわけです。

それ誰セレクトなんだ、お母さんが言うならはく。お父さんが言ってるんだったら、まだはかなくていいんじゃね、ってこと。

この決定権のなさ。でも、実際に間違ったもの持ってくるじゃんとか、思われてる。夏なのに、それ長袖だろみたいなことで、しょっちゅう怒られてるの見てるんで。こちらとしても、「ちょっと上司に確認してまいります」って感じですね。

フーセンをふくらませてくれ、と
次男が部屋に入ってくる。

しあわせですな。

フーセンを

ふくらませてくれ、と次男が部屋に入ってくる。しあわせですな。

このときは気持ちに余裕があったんですよ。仕事部屋にいきなりガチャッと入ってくるから何かと思ったら、ふくらませてくれって、フーセンを差し出されて。五歳くらいの頃かな。自分じゃふくらませられないから、代わりにやってあげられる時期です。

まだ父親を必要とする。これが自分でふくらませられるようになると、もうお父さん要らなくなるんで。

こうやって頼るあてにされているっていうのが、要は本当に親にとっては幸せなときなんだろうなあって。

うまーく
ゴマかす
大人になりたい

大人はいいよー。
いいことが
たーくさん
あるヨ。
…今ちょっと
思い出せないケド。

僕は、すごく

大人になるのが嫌だったんですよ。

大人って何か大変そうだな、怖そうだな、つらそうだな、ずっと子どもでいたいなと思ってて。

そういう昔の僕みたいな子に、いや、大人は大人で結構楽しいことといっぱいあるんだぜとか、自分で好きな物だって結構買えちゃうぜって、教えてあげたい。大変なこともあるけど、子どもだって大変なこといっぱいあるもんな、一緒だよな、とも。


なので、だましだまし、本当のことを織り交ぜながら、大きくなることに希望を持たせていってあげたいと思っています。

うまーくゴマかしつつ、身も蓋もないことをおもしろおかしく伝えることができれば、大人に対する、世界に対するイメージは、ずいぶん変わるんだろうな、と。

子どものいいところ。

丸洗いできるんです、どんなに汚れても。

よごれてもよごれても丸洗いできます！って。

頭なんかもね。別にドライヤーなんか使わなくてもすぐ乾く。服もどろどろになってもほとんど落ちる。

育児の本当に一番つらい時期って、いったい、いつ終わるんだろうって苦しいけど、基本、丸洗いできるってことで、毎日リセットできるんだよって、いい話です。

丸洗い可。

スケッチコーナー❷

ホラ。

あたらしい
とび方。

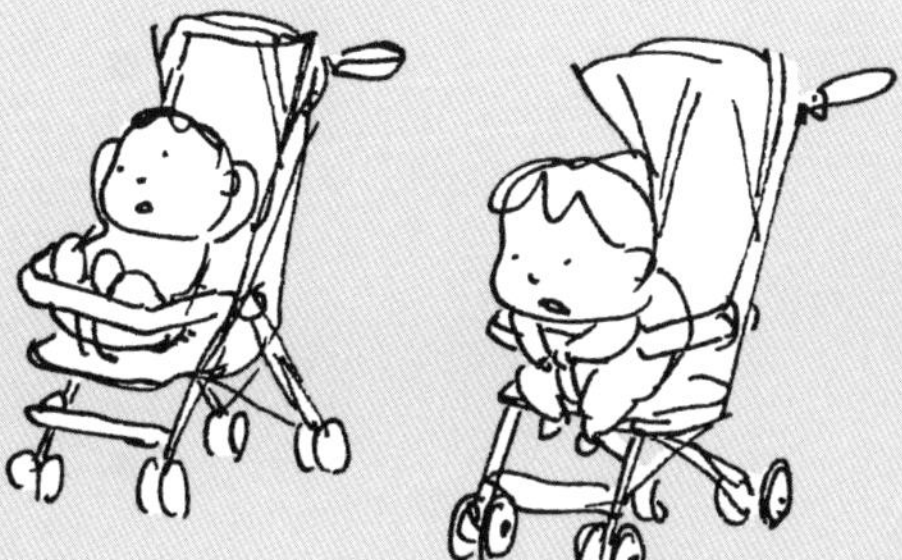

ウチの子は
ホント イイコ。

寝てる時は。

ママ、
おちついて
おちついて

ホう、
こんなにのびるの。

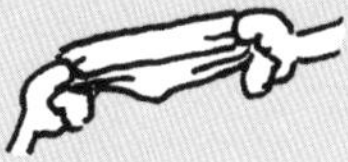

どこでても
おかしを食べる。

そういうものに、
わたしはなりたい。

くんくん。

リスの
あかちゃん

あ！コレ
キモチいい！

おりる?
おりない

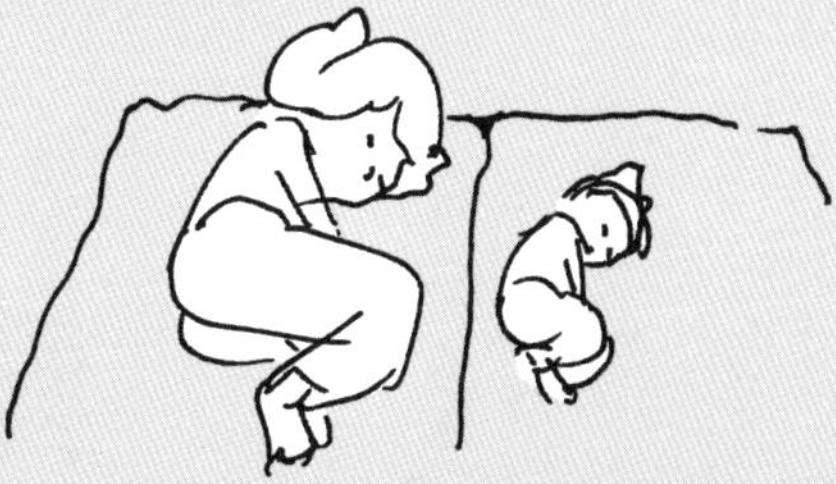

お皿!
お皿の上!
お皿の上で
たべて!

何度も言うしか
ないのだろうか。

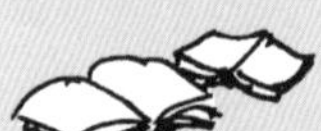

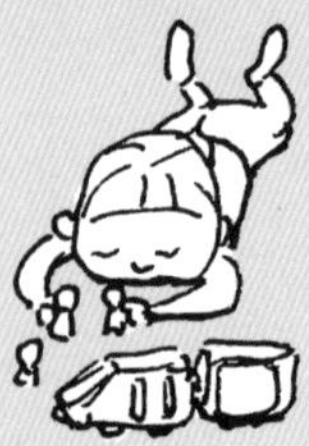

何度も言うしか
ないのだろうな。

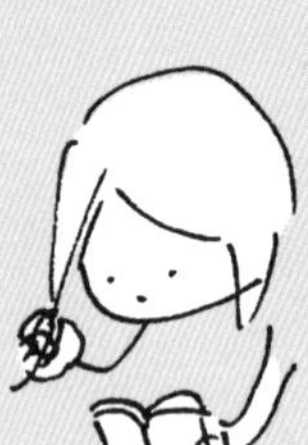

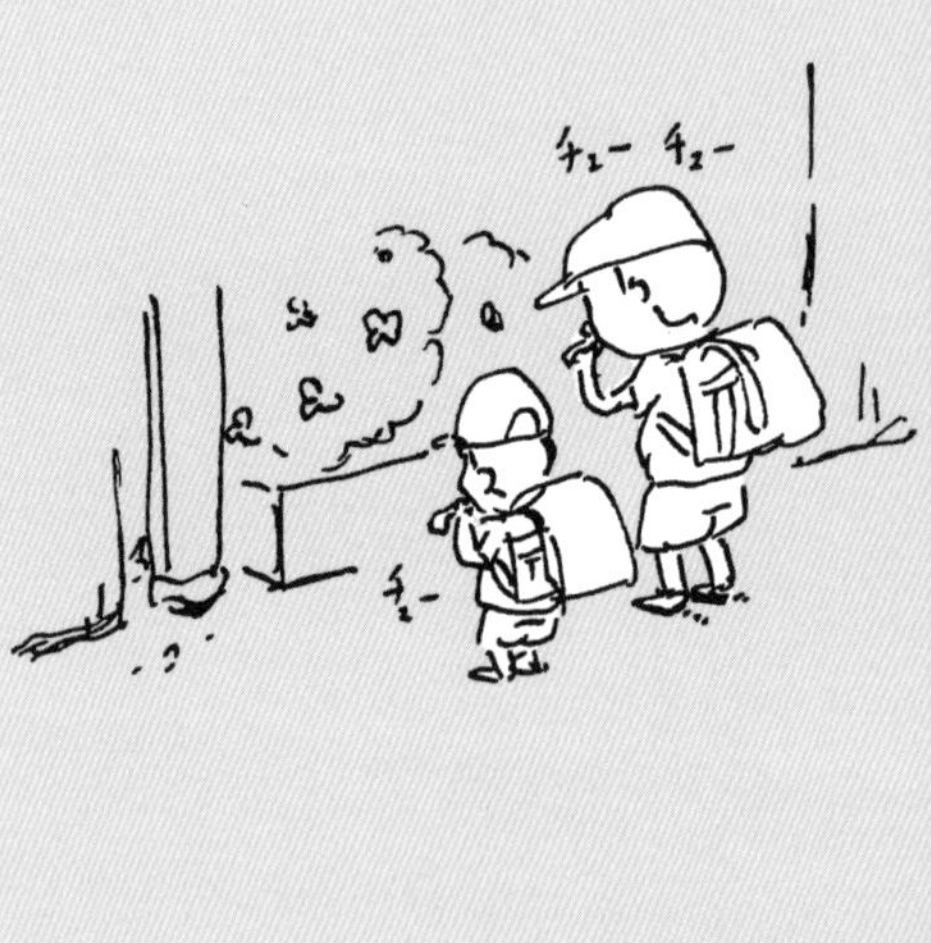
チューチュー
チュー

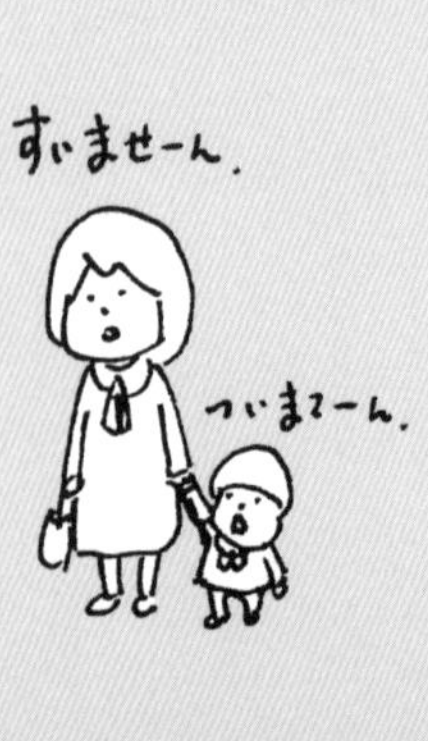
すいませーん.
ついまてーん.

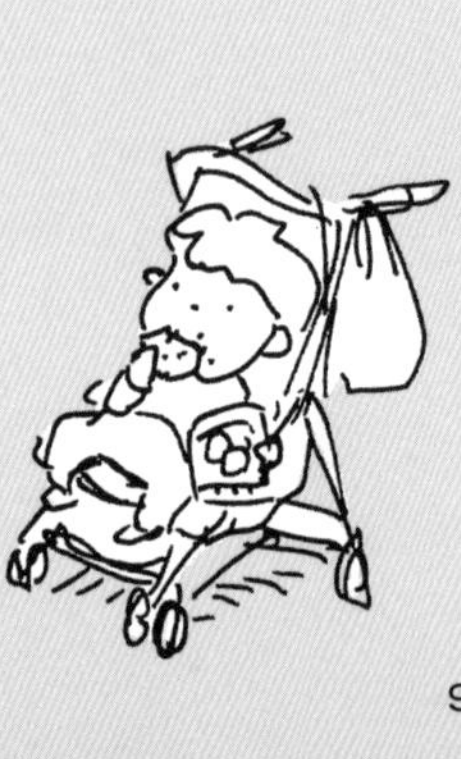

ドゥクシ期

「大きくなったねー！」って
言われてもねェ。

ねェ。
どうリアクション
すりゃいいんだか。

アタシも
そっちが
いい。

ハチマキした
ソーセージが
働いていた
そうです。
（次男の夢で）

第3章

朝から晩まで、欲が出ました

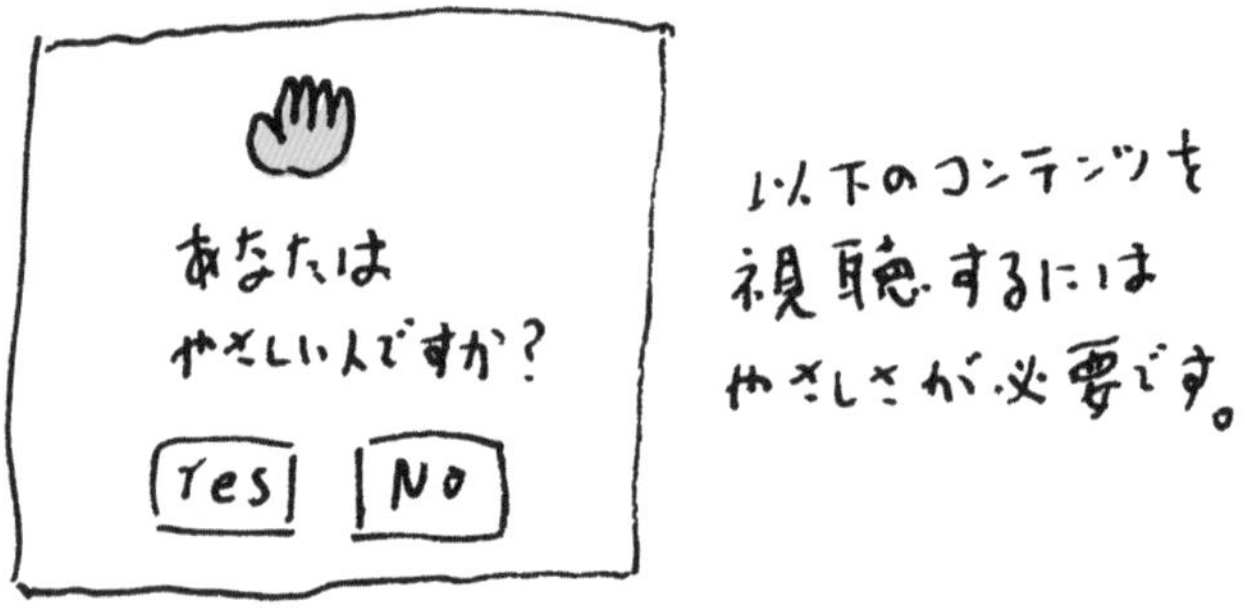

すべてのサイトに

つけばいいのに、と思ってます。
以下のコンテンツを視聴するにはやさしさが必要です。あなたはやさしい人ですか？　ＹＥＳ　ＮＯ　って。

あなたは十八歳以上ですか、っていうのと同じように、自分はやさしい人間ですって申告したうえでサイトに入ってくる人なら、見ているページに対してひどい意見を書き込んだりしないんじゃないかと、この間、思ったんですね。この手の冗談をわかってから来る人なら、って。

以下のコンテンツを
視聴するには
やさしさが必要です

僕は臆病だから、いつも、なんか言われるのが怖くてしょうがない。本の最初にも、これから先は、やさしさがないとご覧頂けません、とか。創作とは何かわかった人間以外ご遠慮ください、とか。読解力のある方だけ、とか。いろいろ言い訳を付けたいと思ってるくらいなんです。

要は、もし嫌な事を言って来る人がいたら、やさしいにYESしたじゃない、それなのに文句って、最初の申告で、あなた、うそをついてますねって、ちょっとこちらが優位に立てるんじゃないか、って臆病な発明なんです。

まちがいには
2種類ある。

直した方がいい
まちがいと
直さなくていい
まちがいだ。

まちがいには

2種類ある。直した方がいいまちがいと直さなくていいまちがいだ。

何かいいこと言ってる風な感じなんですけど。

まちがってるからこそできることとか、まちがってるからこそその人の個性になってることがたくさんある。だから、直さなくてもいいまちがいってあるよなって、ぼんやり思ってました。

これは直せないなとわかったら、もう自分のチャームポイントにするしかないし、直さない方が自分らしいんじゃないか、って。

でも、問題なのは、直した方がいいのと、直さなくていいのを、じゃあ誰が決めてくれるんだっていうことで。

すべてが正解な人なんかいるわけなくて、みんなそれぞれにまちがってる。

難しいところは、直した方がいいまちがいと、直さなくていいまちがいと、あと直せないまちがいっていうのもある、ということなんですかね。

その違いがだんだんわかってくるっていうのが、大人になることなのかもしれないんだけれども。

わー！
イライラしてきた！

はなれて！
はなれて！
今すぐその場所を
はなれて！

わー！

イライラしてきた！　はなれて！はなれて！　今すぐその場所をはなれて！っていうのは、自分のことを描いてますね。何か切羽詰まってたんでしょうね。

とにかく、自宅で仕事をしているので、すぐ気持ちがいっぱいいっぱいになりますが、なるべくそういうときは外に出て散歩をしたり、自転車に乗ったりして、環境を変えるようにしています。

環境を変えると、人間の体って単純なもので、別の情報が入ってくるので、気持ちがもとに戻りやすくなる。まあ、昔からよく言われていることですね。

職場では、なかなかそう簡単に外に出られなかったりもするとは思うんですけど、気分転換の方法として、その場所から物理的に、精神的に、いかにして一旦逃げるかみたいなことを真剣に考えるのって、結構大事なことだと思います。

どこまでなら失敗してもいいですか

日々生きていて、こんなことやっちゃだめなんじゃないかとか、こんなことをしたら怒られるんじゃないかってことを、僕は小さい頃からいつも心配してるんですね。

で、こうやったら怒られないんじゃないか、こうやったら僕のせいって言われないんじゃないかみたいなことを、今も日々考えてるんですけど、結局は失敗するのが怖いわけです。

でもそれは、大人でも子どもでも一緒のはずで。

だから、自分の子どもや仲間に、失敗してもいいんだよって、言いたいし、言ってもらいたい。

で、失敗を恐れてたら何もできない、やっちゃおうよっていうときに、はっきりこれって、どこまでなら失敗してもいいですか、って最初に担当者に聞けると楽かなと思ったんです。

僕なら、そういうやり取りがあれば、勇気がわいてくるし、ほっとできる瞬間があるはずだと。

ここまでだったら失敗しても怒られないんだ、やっちゃって大丈夫なんだと、そういうのを事前に聞けちゃう雰囲気こそが、実は何かをやろうという上で、一番大事なんじゃないでしょうか。

キミの
一部が
ほしいんだ。

全部は
いらないんだ。

キミの一部が

ほしいんだ。全部はいらないんだ。

これ、悪口じゃないんですよ。

仕事に例えたら、イラストレーターからはイラストが欲しいわけであって、イラストレーターさんが欲しいわけじゃない。

この絵の、マグロが食べたいなってときには、マグロの頭が欲しいわけじゃなくて、マグロの一番いい一部分が欲しいだけ。

大きい魚が食べたいときに全

部食べる人はいなくて、食べたいのは一部だけなんだって、すごく当たり前のことなんだけど、改めて口にしてみると、誰かをけなしているように聞こえる不思議な言葉の一つですね。

彼氏彼女ができたときも、最初は相手の全部が欲しいわけじゃない。でも、つき合っていくうちに、だんだんその範囲が広がって、最初は一部分しか欲しくなかったけれども、ほかの部分もだんだん良くなると、結婚する。

プロが撮る写真は、雑誌などに載せるときトリミングをします。撮った写真の一番欲しいとこだけ載せて、要らない部分はカットする。

人とつき合って結婚して、その人とずっと長く共に過ごすってことは、トリミングの枠がだんだん広がることじゃないかって、昔思ったことがあります。

嫁から交際のプロポーズをされたときに、その時点ではそんなに好きじゃなかったんだけれども、将来トリミングの枠が広がっていくかもしれないっていう可能性は感じたんですね。今あなたのごく一部しか僕は見てないけれども、だんだん枠が広がって、最終的にはあなたの写真丸ごと一枚を部屋に飾れるかもしれない。今は枠が狭いけど、っていうことを話したけど、一ミリも伝わらなかった。(笑)

仕事でも、仕事なのに、仕事先の相手の全人格とつき合いたがる人がいますよね。

仕事なんだから、仕事のとこだけつき合えばよくて、そこがうまくいってれば、別にあとは酔っ払いであろうとギャンブル好きであろうと関係なくて、仕事がうまくいってるからこれでいいじゃないと思うのに、もっと全人格でつき合いたがって、それで失敗したりけんかになっちゃったりすることがある。だから、このルールが最初に共有できてるかどうかって大事です。

どんな人でも、実は欲しがられてるのって一部だけなわけですよ。労働力か顔か体か頭か、はそれぞれですけど。でも、その一部だけだって欲しがってもらえてるって、幸せなことなんだと思う。しかも今後、欲しがられる部分が増えるかもしれないってことを、もうちょっとポジティブに捉えることができないものでしょうか、と。

キミの一部がほしいんだ、全部はいらないんだ、ってことは。全部いらないわけじゃない、キミの一部はほしいんだ、ってことの逆の言い方でもあるわけで。一人の人間は、そこまで他人に、十把《じっぱ》一絡《ひとから》げに何か判断されるべきものじゃないってことでもあるんです。

この大前提を取っ払って物事を進める人って多いなと思って。一部だけでいいんだよと言われたときに、一部だけでも欲しがってもらえてることは幸せだと、そう思いたいですよね。

マグロを食べたいって言ってる人は一番おいしいとこだけ欲しいんであって、頭としっぽはいらない。ここは、大事です。

すべての死は

早すぎるか
遅すぎるのだ

すべての死は

早すぎるか遅すぎるのだ。

これそうだよなあって。ちょうどいい死ってないよなあって。大体早すぎるか遅すぎるんだよなあって。遅すぎる死ってのもいっぱいあるよなあって、ことですね。

こういうことを言うと、怒る方が必ずいらっしゃるんですけども。まあ、生まれかたと死にかたは、思い通りにはいかないよね、って話です。

すごく好きは
すごくきらいに
なっちゃうかも
しれないから

ちょっと好き
くらいでいてください。

すごく好きは

すごくきらいになっちゃうかもしれないから、ちょっと好きくらいでいてください。

これは人の弱さですね。ちょっと好きくらいが、一番ずーっと近くにいられるんじゃないか。下手に結婚したりすると、離婚とかいろいろあるんじゃないかと、かえって怖くなる。そういう臆病な感覚って誰しもあるんじゃないでしょうか。

すごく好きになるってことは、かわいさ余って全く逆方向にすごく振り切れる可能性も秘めているってことに気づく。それこそ作る側に回ってみると、ほめられるほど不安になるんですよ。

音楽アーティストでも、最高傑作が出ちゃうと、それでこの人一丁上がりみたいな雰囲気が生まれますよね。それを出せる人がどれだけ希少か、一発屋になるだけでもどれだけ大変か、っていうのがあるのにもかかわらずです。

メジャーになればなるほど、メジャーだっていうだけの理由で嫌う人っていっぱいいるし、自分もそうだったし。ヒットするってうれしいけれども、長く考えたときに、それは本当に怖いなあって思いました。

だから、何となく好きくらいの方が、ずーっと支持してもらえるんじゃないかっていうわがままな話なんです。

商売として考えると、お菓子屋さんはお菓子が商品。芸人さんは本人が商品。「商品」を売って生活している人は、その商品を「好きになってもらう」のが仕事なわけです。恋愛に限らず、世の中のほぼすべてのものは「好きになってもらいたがってる」んですね。

そう考えると、やっぱり「定番商品」にみんながあこがれる気持ちが、よくわかります。

最近、気に入ってるのは、これ。
記憶《きおく》があやふや、アーヤとフーヤ。
かわいいですよね。

ちょっと絵本になりそうな感じしませんか。

アーヤちゃんとフーヤちゃんがいて、二人ともすごい記憶があやふやなんです。

で、二人のおじさんに、ウーヤとムーヤっていうのがいて。何か都合の悪いことを、すべてうやむやにしていくっていうお話なんですけど。

「考えてみよう!」っていうのは
「オナラしてみよう!」みたいなもので、
人に強要できるものではない。
「その人が、したいときにするもの」
だからだ。

絵本を描いてると、子ども向けの大前提として、何かを考えさせるきっかけになるとか、想像力を鍛えるとか、何だかそういう内容を、求められることが多くなります。

　でも、そもそも人に何かを考えさせるのって、そんな乱暴な話はないわけで、考えるっていうことは本人が自主的にするものなので、自分の頭の中に用意ができてないと、どんなにやれって言われてもできないわけですね。

　それってつまり何だろうって考えたときに、オナラと一緒なんだと。

オナラは、やれって言われてもぶっと出ないし、やりたいときはやるなって言われても出ちゃうわけです。

考えたり、何かを想像したりっていうのは、実は身体の生理的な作用であって、たかだか絵本を一冊二冊読んだからといって、それに触発されてできるようになるほど簡単なもんじゃない、あっオナラと一緒だと。

逆に、考えたくなくても考えちゃうときっていうのは、したくなくても出ちゃうのと一緒であって、つまり考えさせるってことは、要はオナラを出しやすくさせるって言い方と同じなのかなと。

そうすると、考えるってことも、ちゃんとしたものを食べろとか、別の方向からのアプローチが大事になるんだろうって思いました。いいオナラが出るためには、規則正しい生活をして、人のいないとこではどんどんしていいし、しちゃいけないときはちょっと我慢しよう、みたいなことですよね。

考えるってことも、オナラと、結構似たような、アプローチができるんじゃないのかなって思いました。

ボクを選ばな
かったことを.

いずれ後悔に
いただくので.
そのつもりで。

ボクを選ばなかったことを、いずれ後悔していただくので、そのつもりで。

っていうのは、犬が言ってることで、僕じゃないんですね。（笑）

普段はあんまり犬なんて出てこないのに、いつもと全然違うキャラを描いてるっていうことは、よっぽど距離を取りたい何かがあった。これを描いた当時、自分が何かに選ばれなかったことに対するすごい怒りがあったんでしょうね。もう覚えていませんが。46ページの宇宙人と同じってことです。

で、こういうときほどかわいいのを描くんです。かわいさでどうにか自分をごまかそうとするんですね。

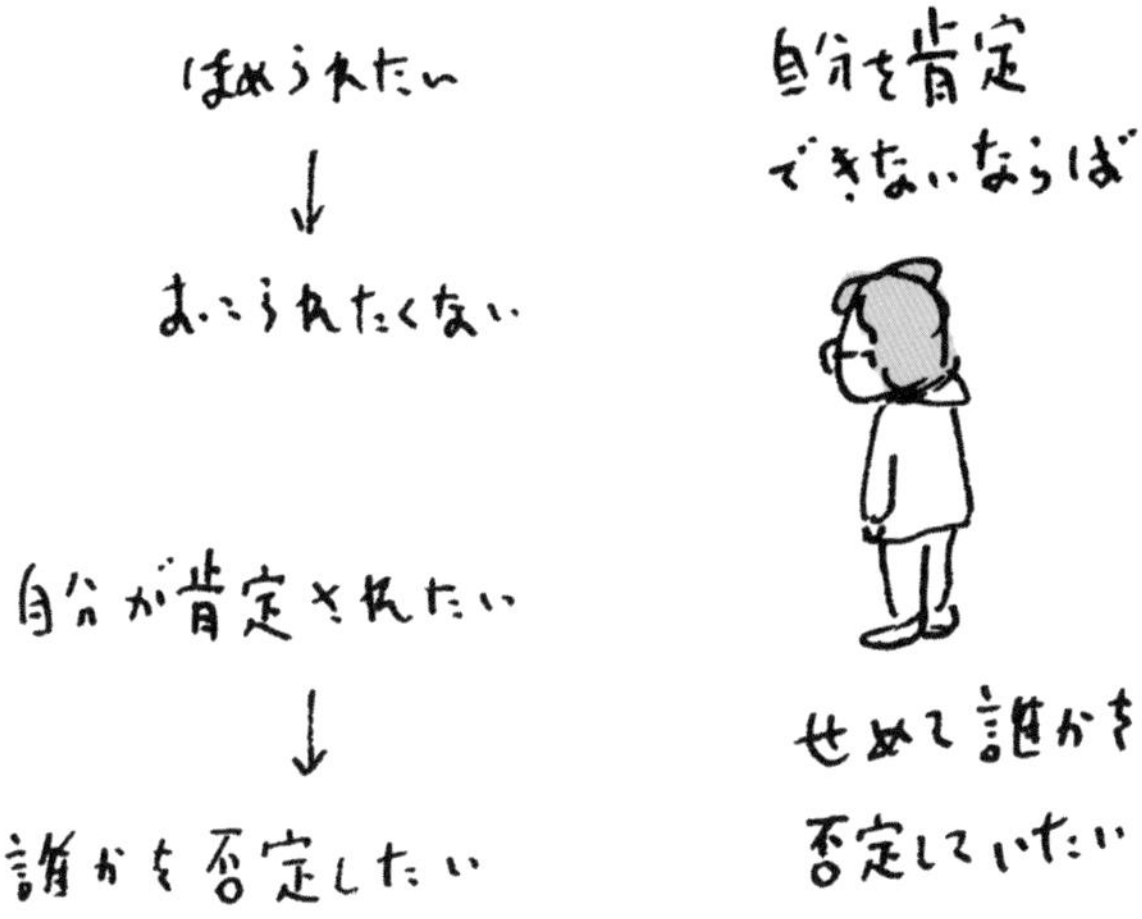
自分を肯定
できないならば
せめて誰かを
否定していたい
ほめられたい
↓
おこられたくない
自分が肯定されたい
↓
誰かを否定したい

肯定欲っていうのが、あるんじゃないかと。

ご時世として、自分を肯定できないならば、せめて誰かを否定していたい、って空気感があるような気がします。自分に何も誇れるものがないようなときに、自分の中の正義からはずれた人をみんなでやっつけようじゃないか、それですっとしようじゃないか、とか。

自分が肯定される、されたいっていうのは、それこそ欲としてすごく根源的にあるんだけど、なかなか満たされるもんじゃない。

だからこそ、みんな、どうすれば「いいね！」をもらえるか、どうすればほめてもらえるか、どうすれば自分がもてるかっていうことを、必

よろこぶ顔が
見たい、というよりは

おこった顔が
見たくない
だけなのです。

死で考える訳です。でも、それが思いどおりにいかないときに、せめてじゃあほかの人を否定してやろうっていう気持ちに結構なりがちなんだなと。

自分がほめてもらえないのであれば、じゃあ代わりに人をほめようっていう選択肢もあるはずなんだけれども、あまりそうする人はいない。それも不思議です。

自分が肯定してもらいたい気持ちはよくわかる。それはみんなそうなんだけれども、それがかなわなかったときに、なぜ他人を否定することが自分を満足させる代わりの手段になるんだろうか？

わかるような気もするし、でも、不思議な気もします。

似たような話で。

よろこぶ顔が見たいっていうことと、おこった顔を見たくないっていうのは、やんわりつながってる気がしませんか。自分の心の平穏のために、相手をよろこばせるのか、相手をおこらせないのか、っていうのが、手段としては真逆なんだけれども、出どころは一緒のような気がするんです。

僕自身が小さい頃に、母親からほめられたいっていう気持ちと、母親からどうすればおこられないだろうかっていう気持ちを、どっかで混同して、間違えて育ってきたっていう感覚があるんです。お母さんは、全然怖くないのに、です。

ほめられたい気持ちが、おこられたくない気持ちになった。自分が肯定されたいっていうスタートだったのが、否定されたくない、ってなってしまった。それが一歩進むと、今度は、誰かを否定したい、になってしまうのかなとも。だから、ほめられるってこととおこられないってことの違い、全然違うんだけれども、何か同じ心の中から出てくるっていうのが、ちょっと興味あるなと思ってるところなんですね。

北欧の人たちは
どんな暮らしに
あこがれてるのかしら。

北欧の人たちは

どんな暮らしにあこがれてるのかしら。って。

これは一部の人たちの間で、北欧の暮らしを目指そう、あこがれのスウェーデンみたいなことを雑誌などで特集してるけれど、逆に、あこがれられてる対象の人たちは、何にあこがれて暮らしてるんだろうって、気になったんです。マッサージ屋さんは、誰にマッサージしてもらってるんだろう？　みたいなことですね。

あるいは、世界にはそもそも「あこがれる」という概念が存在しない人々もいるのかもしれません。

もしそんな人がいたとして、私ははたしてその人と友だちになれるのだろうか、という新たな疑問も生まれます。

「仕事は、愛だ」というと

それっぽいけど、

「愛は、仕事だ」というと

おこられそう。

言葉の中には、

「バカにしちゃいけないもの」が

いくつかあるのだ。

「仕事は、愛だ」

というとそれっぽいけど、「愛は、仕事だ」というとおこられそう。言葉の中には、「バカにしちゃいけないもの」がいくつかあるのだ。

仕事は愛を持って臨めみたいなことを言うと、ビジネス書っぽくていいんですけど、愛って結局仕事みたいなもんだよねって言うと、急にざわっとするわけです。

そういう言っていい、例えていい向きがある一方、反対の向きはだめ。言葉の中には、ふざけたり、笑ったりしちゃいけないとされているものが、いくつかあります。そしてそれらは、増える傾向にあります。

でも、言葉はもともといいかげんなものなのだから、そのいいかげんさを逆に利用して、大事そうなものを「おもしろおかしいもの」として表現する努力が、やっぱり必要なんだと思います。

そーなんですけどネー。

ねー。
って、これ多分全然アイデアが出なかったんですね。

苦しんでるときに苦しんでる絵を描くんです。そうするとちょっと紛れるんです。
皆さんにもオススメです。

知りたくないことは
知らないままでも
いいのだろうか。

知りたくないことは知らないままでもいいのだろうか。

僕はやっぱりメンタルが弱いので、それこそ単純に、戦記とかが読めないんですよ。戦争中につらい思いをしてきた人たちのおかげで、今があるんだけれども、その手記があまりにも可哀想で、僕はものすごく落ち込んで読めない。

でも、そういう人たちのことを知らずに生きていていいのかっていう気持ちもあり。けれども、やっぱりそこに寄り添う体力が日々ない身としては、知る覚悟を持たない人間としては、じゃあどうすればいいのかみたいな、やんわりとした罪の意識がずっとあるんです。

世の中のことで、本当は知っとかなきゃいけないことっていうのがあったとしたら、ずっとそこから逃げ続けてる人はどうしたらいいのか。その人たちにはどんな罰があたるのか、とも。つい、そんなふうに考えてしまう。

本当は、そこを知ったうえでの明るさだったり前向きな提案みたいなのを、身につけなきゃいけないだろうなっていうこともわかっているんですが。

自分は日々のうのうと過ごしているけれども、例えば犯罪被害者の方たち。罪も無いのに、笑って日々を過ごすことができない人たちがいる。

そういう、我々が入っていけない部分に巻き込まれちゃった人々を、自分はどう捉えていけばいいのかって時に思うんだけど、それに向き合うことを避けているんですね。そういう人たちに対する何か罪悪感と、こっちは見て見ぬふりしてごめんっていう気持ちが、どっかずっとあるんです。

ただ、最近思うのは、知らないからこそできることもたくさんあるんじゃないか。だから、知らないからこそできることをやればいいんじゃないのか、ってことなんですよね。

以前、認知症関連のイラストの仕事をしたことがあって、うまく描けなかった。それは僕が、自分の親戚の認知症で結構苦労した経験があって。そうすると、自分の経験がじゃまをして、仕事としての「楽しい提案」っていうのは最後までできなかった。

死についての本も書きましたけど、それは僕が死に対して、実はそんなに大きな苦労をしてなかったからこそ、距離をおくことができて、一つの提案ができたんですね。

つまり、何か一つのジャンルですごく苦労してしまうと、自分の経験が逆にじゃまして、リアルはこんなもんじゃないよ、みたいな後ろ向きの気持ちになっちゃう。そうなると、無責任な提案ができなくなる。

ってことは、何でもかんでも経験すりゃいいってもんでもないのかと。

知らないからこそ無責任な提案ができるし、その無責任な提案に救われる内側の人っていうのも実際いるはずだと。逆に、内側の人間になっちゃって、経験しちゃったからできなくなることもいっぱいある。

何かものを作るときに、やっぱり取材は大事で、現場でその経験をしたからこそ、わかること、言えることも、もちろんあるんだけれども、同じだけ、もしかしたら、経験したからこそ言えなくなっちゃうことっていうのも、特に発想とか、何かを笑いに変えたりっていうときに、案外その取材がじゃますることってあるんだなって。

だからそういう意味では知らないままなほうがいいこともあるなっていうのは、経験で一つ学びました。

とはいえこれも、結局はバランスの話ですし、「誰も傷つけない」ことが大前提ですから、ケースバイケース、としか言えないんですけどね。

行かないで
ぼくの興奮

戻ってきて
ぼくの興奮
ずっとそばにいて

行かないで

ぼくの興奮、ってのは気になりますよね。

戻ってきてぼくの興奮。ずっとそばにいて、って。

まあ、年を取ってきて肉体的に興奮しにくくなってきたっていう、そういう切実な一コマなんです。

今までドキドキワクワクしてたことにドキドキできなくなってくる。「興奮したい」や「驚きたい」が年とともに消えていく。これは、こわいですよ。

重力ターンを
くりかえす人に
なりたいですね。

誰かの引力を
利用して遠くまで
行けるような。

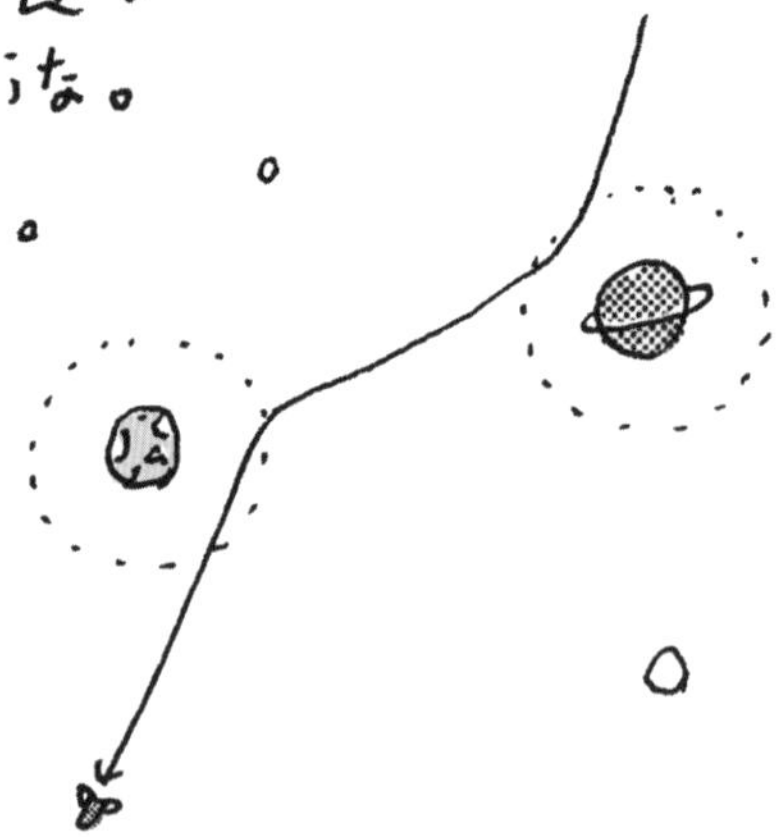

重力ターンって、

知ってますか？

宇宙探査機とかが遠くに行くときに、月や惑星の重力を利用して、まずは引きつけられておいて、衝突するぎりぎりで、今度はぐいーんって、そのスピードを利用して、どんどん自分の速度を上げていくやり方です。人生でもそういう重力ターンができれば理想だなって、虫のいいことを考えます。

いろんな引力の強い人とか、すごいものの考え方があるけど、そこに引き寄せられて戻って来られなくなるのではなくて、その引力をちゃんと利用して、自分の加速度に変えられるような生き方が理想だなというか。

自分のコースは見失わず、人の引力に惑わされず、むしろそれを力に変えられるように生きたいと思うわけですが。ただ、実際の重力ターンも、惑星に近づく角度をちょっとまちがえるだけで大失敗するらしいので、「人の力を利用する」ってのは、やっぱり難しいことなんですね。

今までで一番
明日が来てほしく
なかった日って、
どんな日だった？

これはお題。

今までで一番明日が来てほしくなかった日って、どんな日だった？って、みんなで発表し合うんです。

誰にだって、あったじゃないですか。明日が来なきゃいいのに、っていう日が。それでも、どんなに嫌だって明日は来ちゃうわけで。要は、来てほしい明日もあれば、来てほしくない明日もある。で、どんな明日にも、明後日がある。

このテーマ、聞かれたら嫌な人もいるし、身を乗り出して「あのね、聞いて」って、いう人もいるだろうし。皆さんいろいろだと思うんですよ。

じゃあ、僕は何だったかなと思ったとき

今までで一番
明日が来てほしくなかった日

胸がきゅっと締め付けられて、締め切りの前の日と同じような気持ちになったんですけど。

僕は、大学生の頃に立体作品を作ってました。卒業するとき、それをあちこちで見せてたらテレビ局から電話がかかってきて、『たけしの誰でもピカソ』に出ませんかって誘いがきたんです。ビートたけしさんが司会をして、いろんなアーティストが自分の作品を見せる番組が昔あって。

え？と思ったんだけど、その収録の日は内定が決まってた会社の入社式だった。絶対に、行かなきゃいけない日です。しばらくは悩んで、どっちにもいい返事をしてたんだけど、とうとう明日までに返事をしなきゃいけない、覚悟を決めなきゃいけない夜が来たんです。

あの晩は嫌でした。自分のやりたいことはやりたいし、自分の作品に興味を持ってくれる人がいることはわかっていたけれども、テレビに出たからといって、そのあとそれで食べていけるかはわからないし。もちろん、出てみないとわかんないんだけれども、でもそれよりは最初にちょっと社会勉強しといたほうがいいだろうかとか、いろいろ考えるわけです。

その日。結局入社式に行ったんですけど。で、その入社式でありがとうございましたみたいな接客のお辞儀の練習をしながら、ふと時計を見たら、ちょうどテレビの収録の時間なんですね。で、僕の選択は正しかったんだろうかってすごい悩みながらも、恐れ入りますみたいな、お辞儀の練習を百人みんなおんなじ角度で、やってたんですけど。


それが回り回って、今こんな本を出せているわけで、世の中、ホントに何があるかわかんないです。あのとき、入社式に出ずにテレビに出てたら、今頃どうなってたかもわかんないですけど、でも少なくとも今はこれで、こうやって本を作っていることは僕はうれしいし、楽しい。

あの夜、未来に何があるかわかんなかったけれども、やっぱり明日が来てほしくなかった感じっていうのは、今、自分の中で何かを覚悟するための材料にはなってるわけですよね。

そういうことを繰り返しながらみんな大きくなるわけなんだけれども、その

今までで一番
明日が来てほしくなかった日

ための一つの通過点として、明日が来てほしくない日ってあるよねー、それを忘れないことって結構大事だったりもするかもねと思って描きました。

皆さんも聞かれたら、それぞれが自分にとってのあの日だっていうのが、あると思うんですよ。それが、人それぞれのストーリーにつながっていく。それぞれのこのあとの人生の選択の手がかりに、やっぱりなっていくはずなんです。同じように、当然明日が来てほしかった日もあるし、明日のことを考える暇もないぐらい楽しかった日もあるだろうし、これで世界が全部終わっちゃえばいいのにって思った日もあるだろうし、そういうことを行ったり来たりしながら、年を取る。

で、そういう大事な日と、何も思わずに眠たいなって寝ちゃった日と、そのドラマチックな日と、何のドラマもなかった日の両方を同じ熱量で眺めていたい。どちらも価値のある面白いものとして感じていたいっていう思いがあって、そのときにこういうスケッチがやっぱり一つの手がかりになるんですよね。

「その問題に
一番興味の無い
人々の視点」を保ち続ける

「その問題に一番
興味の無い人々の視点」

これこそ、

僕は大事にしなきゃいけないし、したいなって思ってる点ですね。

何かのテーマについて描くときに、一番興味のない人はそれをどう捉えているのか、気になります。一番興味のない人にとって一番ぐっとくる言い方、一番、え?!ってなるようなビジュアルって何だろう、っていうことをいつも考えます。

内輪からの言葉だけしかないと、絶対それは「外側」に届かないだろうから。

一番興味のない人に興味を持たせるには、じゃあどういう言い方があるのか。「一番届いてほしい人」に届けるためには、そうとう工夫が必要なはずです。「遅刻しないように」って朝礼で言っても、遅刻してる人はその朝礼にいない、みたいな話ですね。

言葉で言葉を
説明する、ということは

粘土で粘土を
表現する、みたいなことで、
つまり、向いていないのだ。

ハンドクリームの
チューブは

ハンドクリームで
ヌルヌルになる

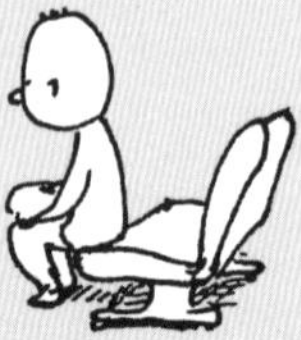

作品にとっての
自己満足とは、
スタートであり、ゴールだ。

ぐるーっとまわって、もとにもどる。

つまりは、輪の直径の問題
なのだ。

世界のさわり方と
手のひっこめ方

地球人は

ケチですね。

あなたの
「10年かかったこと」
教えて!

性悪説で
いた方が
安心できる

もともと悪なのに
ガマンしてて
えらい!

時間はある。

余裕は無い。

小さな不安がいくつかあれば、

大きな不安に気付かずにいられるのだ。

この環境を維持する覚悟はないけれど

手放す勇気もないのです

ボクはいつもこの穴から外をのぞいている。
この穴から見えるものについてはだいたい知っている。

今、しあわせかどうかは

今決める必要はない。

正しい
「ざまあみろ」の
使い方について。

全日本ざまあみろ協会
からのご提案が
ございます。

無知を
謳歌する
人々

なんにも
もったい
なくない。

すこしも
もったい
なくない。

愛は無いけど
思いやりはあります。

アドバイスを
求める人を
間違ってる問題

一人だけ
にもつが大きいと
はずかしい

けがした
場所は
無意識に
かばう

心の中にも
いつもかばう
場所がある

うわー!!

悲観的
だー!!

何もかも
イヤになりかけた朝

そろそろと歩く

注文するのが
はずかしいもの
特集

ホッとしていいのは
お前じゃない。

昔、バカにしていたものと

今、バカにしているもの

家族が全員
帰ってきて、

ドアにかぎを
かけてチェーンを
するのが好き。

にぎったものを
はなす 練習

しあわせとは
しあわせとは

ねむたい時に
ねれること

今月はどうも
おつかれさまで
ございました。

それでは
ごきげんよう。

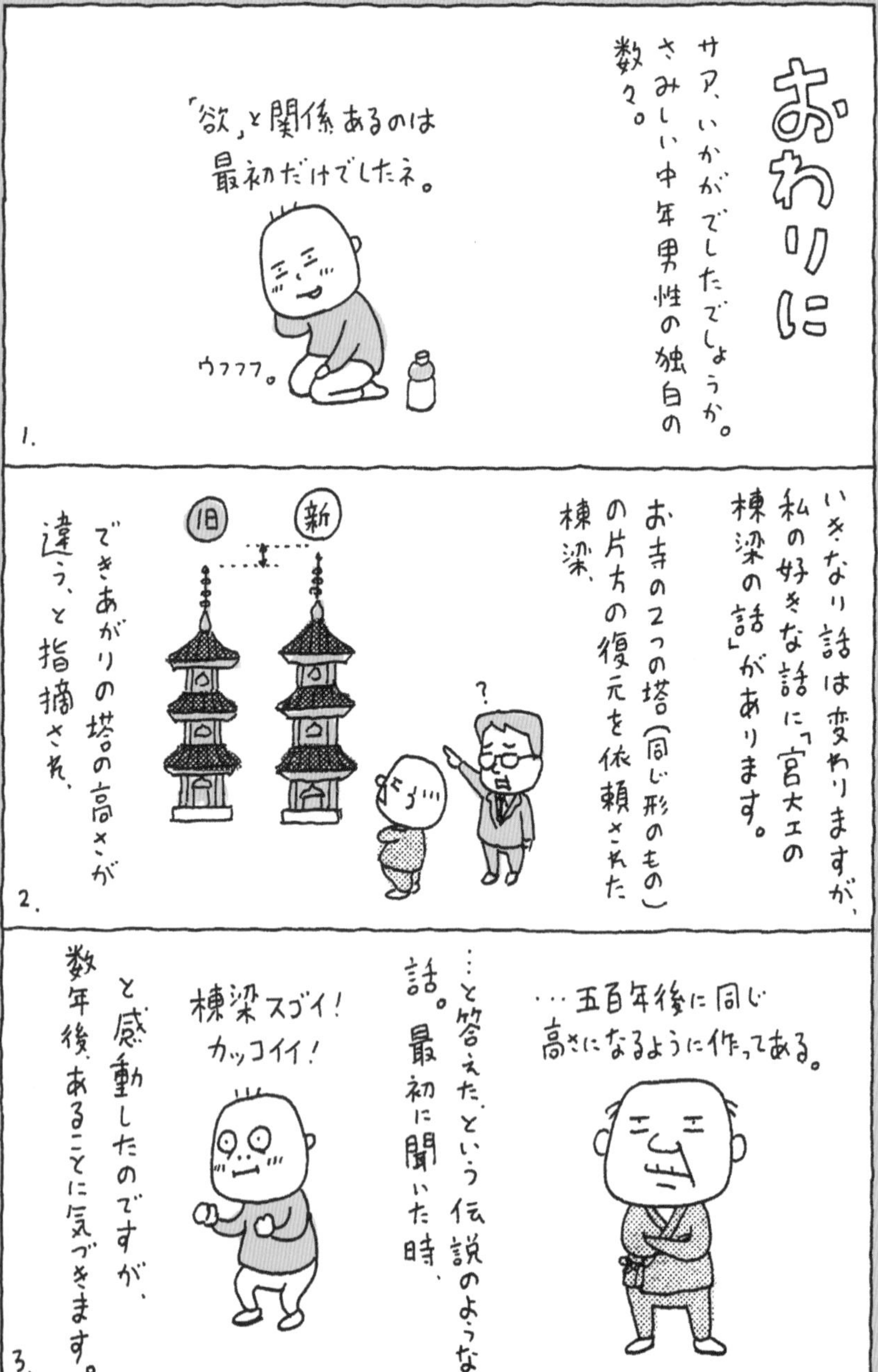
おわりに
サア、いかがでしたでしょうか。さみしい中年男性の独白の数々。
「欲」と関係あるのは最初だけでしたネ。
ウフフフ。
1.
いきなり話は変わりますが、私の好きな話に「宮大工の棟梁の話」があります。
お寺の2つの塔（同じ形のもの）の片方の復元を依頼された棟梁、
新
旧
?
できあがりの塔の高さが違う、と指摘され、
2.
…五百年後に同じ高さになるように作ってある。
…と答えた、という伝説のような話。最初に聞いた時、
棟梁スゴイ！カッコイイ！
と感動したのですが、数年後、あることに気づきます。
3.

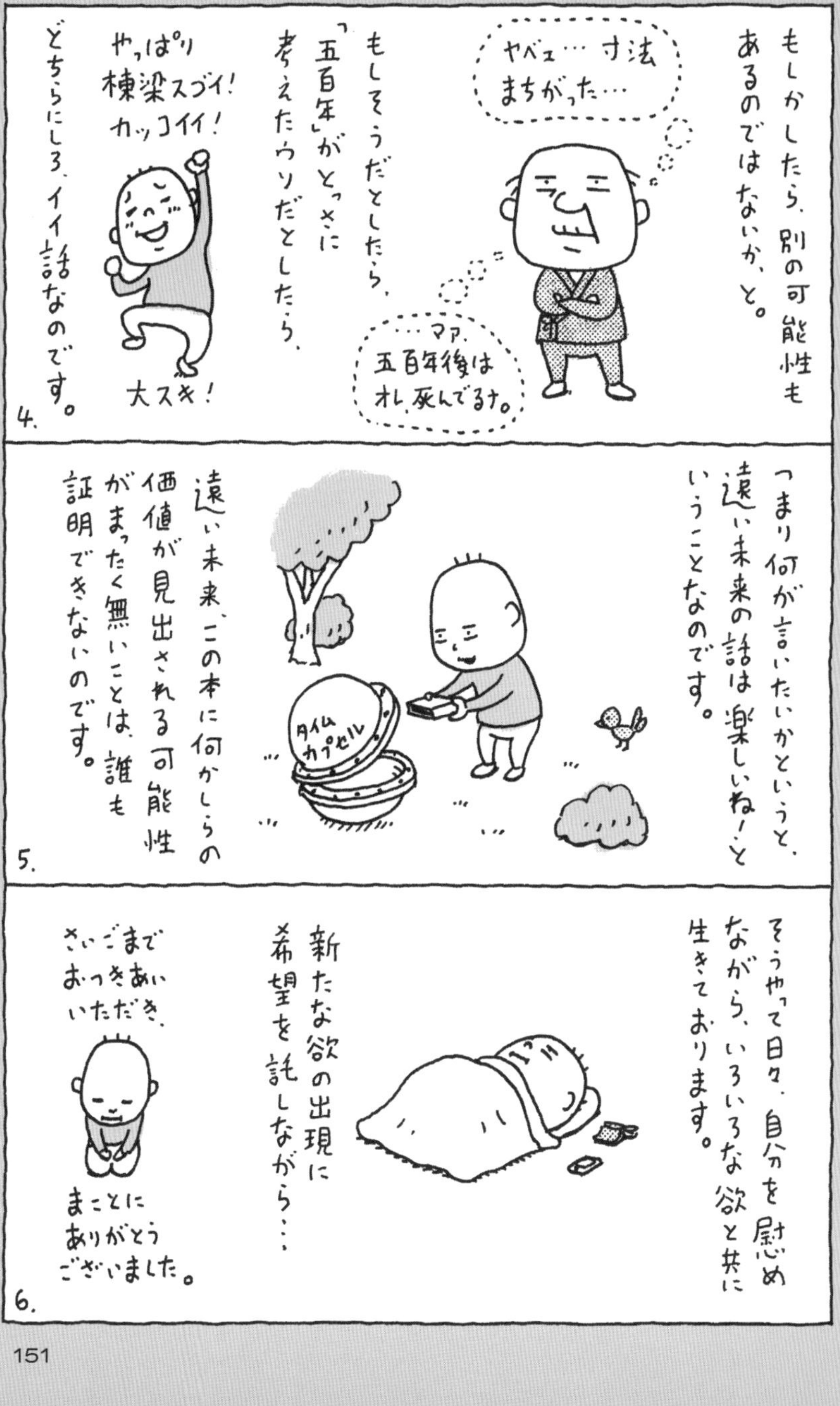
もしかしたら、別の可能性もあるのではないか、と。
ヤベェ…寸法まちがった…
…マァ、五百年後はオレ、死んでるナ。
もしそうだとしたら、「五百年」がとっさに考えたウソだとしたら、
やっぱり棟梁スゴイ！カッコイイ！
大スキ！
どちらにしろ、イイ話なのです。
4.
つまり何が言いたいかというと、遠い未来の話は楽しいね！ということなのです。
タイムカプセル
遠い未来、この本に何かしらの価値が見出される可能性がまったく無いことは、誰も証明できないのです。
5.
そうやって日々、自分を慰めながら、いろいろな欲と共に生きております。
新たな欲の出現に希望を託しながら…
さいごまでおつきあいいただき、
まことにありがとうございました。
6.

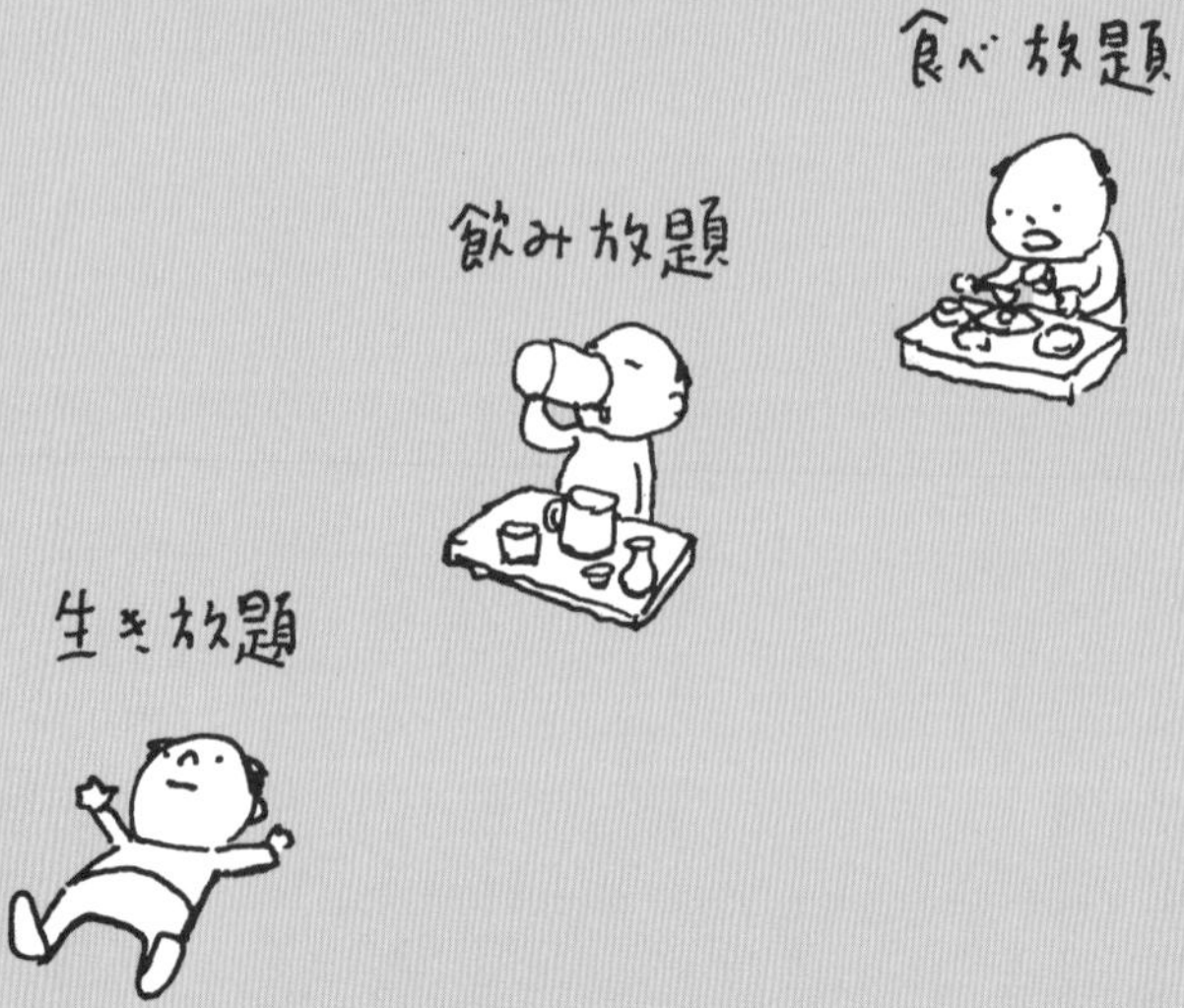

欲《よく》が出《で》ました

発行 2020年7月15日
9刷 2024年9月5日
著者 ヨシタケシンスケ
発行者 佐藤隆信
発行所 株式会社新潮社
住所 〒162-8711 東京都新宿区矢来町71
電話 〈編集部〉03-3266-5550
〈読者係〉03-3266-5111
https://www.shinchosha.co.jp
印刷所 錦明印刷株式会社
製本所 加藤製本株式会社

乱丁・落丁本は、ご面倒ですが小社読者係宛お送り下さい。送料小社負担にてお取替えいたします。価格はカバーに表示してあります。

ISBN 978-4-10-352452-6 C0095